# Ikatan yang Putus

## Romansa Gargoyle yang Melindungi

Demelza Carlton

Lost Plot Press

Lost Plot Press

# Satu

Anemone membersihkan tangannya. "Baiklah, itu sudah cukup. Empat puluh delapan jam reduksi elektrolit dan pada Senin sore, alat-alat itu akan terlihat baru seperti hari pertama ditempa di bengkel penjara."

Beth tertawa. "Atau pada hari mereka dibuang, jika mereka adalah narapidana yang datang bersama narapidana dari Inggris. Alat-alat yang mereka buat cukup kasar, tapi masih jauh lebih baik daripada yang diberikan kepada mereka. Sungguh mengherankan para narapidana itu bisa membuat apa pun, apalagi setengah dari Perth dan Fremantle."

Anemone mengangkat bahu. "Menelusuri sejarah sesuatu adalah tugas Anda, atau salah satu arkeolog. Aku hanya seorang ahli kimia yang bekerja sambilan sebagai kurator museum. Tidak lebih dari seorang pencuci piring yang dimuliakan, sungguh."

"Uh huh, tentu saja, Dr. Seaver. Terakhir kali saya cek, Anda tidak mendapatkan gelar PhD untuk mencuci piring."

"Pencucian kapal," Anemone mengoreksinya. "Saya mengambil gelar PhD saya di bidang korosi laut pada kapal." Di sanalah dia bertemu Morgan, dan pertama kali terpesona oleh senyumnya. Jantungnya terasa sesak di dadanya. Dia tidak akan pernah melihat Morgan tersenyum seperti itu lagi.

"Bagaimana kabar anak-anak kucing?"

Anemone mengerjap, kembali ke masa kini dan senyum simpatik Beth. "Anak kucing. Ya. Mereka sudah besar sekarang, cukup besar untuk meninggalkan induknya. Penampungan akan mengirimkan beberapa calon pengadopsi sore ini, jadi aku mungkin harus pulang sebelum mereka tiba."

Mata Beth menjadi berkabut. "Ah, aku yakin kamu akan merindukan mereka jika mereka diadopsi. Apakah kamu tidak tergoda untuk memelihara mereka?"

"Mungkin. Jika tidak ada yang mau mengadopsi mereka. Tetapi tempat penampungan memiliki lebih banyak kucing dan anak kucing untuk saya asuh, setelah mereka menemukan rumah selamanya, jadi saya tidak akan sendirian."

"Lihat? Sudah kubilang, memelihara anak kucing akan membuatmu tersenyum lagi - aku melihatnya! Bayi-bayi asuh saya adalah satu-satunya hal yang membuat saya tetap bertahan ketika Brad meninggalkan saya. Jika tidak ada mereka untuk saya rawat, saya tidak akan bangun dari tempat tidur sama sekali pada minggu pertama. Setidaknya bayi Anda masih memiliki ibu mereka - bayi saya membutuhkan dua kali menyusu setiap jam. Lebih buruk dari bayi manusia, atau begitulah yang saya dengar."

Anemone memaksakan sebuah senyuman. Beth mungkin tahu tentang Morgan, tapi dia tidak tahu tentang keguguran, dan Anemone tidak punya keinginan untuk memberitahukannya hari ini. "Aku tidak akan tahu." Dia melepaskan jas labnya dan menggantungkannya. "Baiklah, aku pergi dulu. Sampai jumpa hari Senin."

Beth melambaikan tangan, sudah berniat untuk memperbaiki cat yang mengelupas yang dengan susah payah ia perbaiki sekali lagi.

Anemone menunggu kelompok turis lewat, lalu menyeberangi lapangan parade menuju pos jaga. Lebih banyak turis berkerumun di halaman, tetapi dia melewati mereka dan menuju keluar, sambil melambaikan tangan kepada pemandu wisata di gerbang.

Pasar sedang ramai, jadi dia memotong William Street daripada menerobos kerumunan orang di South Terrace sebelum dia pulang ke rumahnya di High Street.

Pembatas masih terpasang, menghalangi jalan yang digali untuk lalu lintas kendaraan, meskipun jalan setapaknya baik-baik saja. Penuh dengan lebih banyak orang daripada yang biasa ia lihat - semua menikmati cuaca cerah dan pelonggaran pembatasan. Mungkin pandemi ini akan segera berakhir, seperti yang terus dikatakan oleh para reporter berita.

Dia sangat berharap demikian.

Anemone berjalan dengan susah payah ke lantai atas apartemennya, langsung menuju kamar mandi tempat dia menyimpan anak-anak kucingnya. Dia membuka pintu, tapi dia tidak cukup cepat untuk menangkap bayangan hitam yang melesat bahkan sebelum dia sempat melangkahkan kakinya melewati pintu. Sekali melihat, dia tahu siapa pelarian itu: Bruce Wayne, ibu dari sekumpulan anak kucing yang masih asyik bermain di kamar mandi.

Anemon menghela napas. Bruce berumur kurang dari satu tahun, dan tidak lebih besar dari tiga anak kucing yang masih hidup. Ia adalah kucing liar yang tertangkap di sebuah tambang sebelum dibawa ke tempat penampungan, tempat anak-anaknya dilahirkan. Tidak seperti anak-anak kucing lainnya, yang senang dipegang dan baik-baik saja di sekitar manusia, Bruce kecil tidak ingin berurusan dengan mereka.

Tidak ada yang akan mengadopsi Bruce dalam waktu dekat, jadi apa pun yang terjadi dengan anak-anak kucing hari ini, Bruce kemungkinan akan tinggal lebih lama lagi. Tapi dia bisa merapikan tempat itu sedikit...

Kamar mandi tidak pernah sebersih ini dan dia baru saja menyikat anak-anak kucing untuk terakhir kalinya ketika teleponnya berdering.

"Mmm, halo?" katanya, memasang speakerphone agar dia bisa terus menyikat si kecil Clark Kent.

"Hai, ini Hope, dari penampungan kucing. Saya hanya ingin memberi tahu Anda, bahwa kami memiliki banyak peminat terhadap anak kucing Anda, dengan lebih dari selusin orang yang ingin bertemu dengan mereka. Daripada mengatur waktu tersendiri, saya pikir akan lebih mudah untuk menjalankannya seperti rumah yang terbuka, jadi saya membawa semua surat adopsi mereka dan mesin EFTPOS portabel. Jika saya mengantar mereka satu per satu untuk melihat anak-anak kucing, apakah itu akan berhasil untuk Anda?"

Anemone menelan ludah. Hope akan menganggapnya konyol jika ia menolak, tapi ini akan menjadi pertama kalinya ia kedatangan tamu di apartemen barunya sejak Morgan meninggal. Yah, seseorang harus menjadi yang pertama. Lebih baik orang asing yang tidak akan pernah ia temui lagi, daripada orang-orang yang mengenalnya dan akan menatapnya dengan tatapan iba jika melihat kotak-kotak berisi barang-barang milik Morgan yang belum sempat ia bongkar.

"Tentu. Kedengarannya bagus. Apakah Anda ingin menjaga pintu belakang, pintu menuju tempat parkir mobil? Dengan begitu, saya bisa membiarkannya tidak terkunci, dan ketika saya menyuruh orang pertama turun, Anda bisa menyuruh orang berikutnya naik." Baiklah. Sebuah rencana. Bahkan terdengar seperti dia memegang kendali lagi, bukannya... yah, seseorang yang tidak cocok untuk memelihara kucing.

"Luar biasa. Baiklah, saya ada di dalam van, di halaman, jadi jika Anda ingin turun..."

Sore itu berjalan lancar seperti mesin yang diminyaki dengan baik. Sebelum Anemone menyadarinya, Peter Parker, Dick Grayson, dan Clark Kent kecil sedang dalam perjalanan menuju rumah baru mereka, di mana mereka akan mendapatkan nama-nama yang lebih orisinil daripada nama-nama yang diberikan oleh tempat penampungan, dan dia memiliki apartemen itu untuk dirinya sendiri lagi.

Yah, dirinya dan Bruce Wayne, sang buronan berbulu.

Anemon menghela napas. Dia akan mencari kucing itu nanti. Sekarang, saatnya menyiapkan sesuatu untuk makan malam, dan setelah dia makan, dia akan membersihkan rumah. Dia tidak akan tidur dengan makhluk yang berkeliaran di rumahnya, yang bisa menyebabkan kekacauan.

# DUA

Dunstan terbangun dalam kegelapan, menajamkan telinganya untuk mencari suaranya. Dia mendorong menembus kegelapan, hingga dia menerobos masuk ke dalam kegelapan, menyelinap di antara bayang-bayang untuk mencarinya.

Dia ada di sini, di suatu tempat. Seharusnya dia ada di sini.

Bukan di ruang bawah tanah, di mana bayangan menelan kesunyian. Bukan di foyer, di mana sinar matahari yang mulai redup menerobos masuk melalui jendela kaca berwarna, menodai lantai sebelum memudar.

Dia melangkah keluar ke atas ubin yang sudah dingin karena gigitan musim dingin.

Satu hal yang pasti: dia akan menjaga hatinya kali ini. Dulu dia memiliki hati seorang pria normal, yang mampu merasakan cinta dan rasa sakit dalam ukuran yang sama, tetapi sekarang dia memiliki hati yang keras, kebal terhadap pesona wanita mana pun.

Langkah kaki bergema dari atas. Ah, dia ada di lantai atas.

Dunstan mulai menanjak.

# Tiga

Anemone menjatuhkan dirinya ke sofa. Dia sudah mencari tempat itu, dari atas sampai bawah, dua kali, dan dia masih tidak bisa menemukan Bruce Wayne. Bagaimana jika dia berhasil menyelinap keluar? Dia akan basah kuyup dan kedinginan dan mungkin bersembunyi di suatu tempat dan dia tidak akan pernah mendengar kabarnya lagi dari tempat penampungan jika dia kehilangan kucing. Dia adalah seorang pengasuh kucing.

Cuaca ternyata setuju dengannya, menghujani jendela dengan tetesan air hujan yang begitu deras sehingga mungkin menjadi hujan es. Anemone berdoa agar kucingnya tidak berada di luar. Dia tidak ingin musuh terburuknya itu berada di luar.

Lolongan yang mengental seperti darah meletus, hanya terdengar di atas hujan.

"Bruce?" Anemone memanggil, menuju tangga. Ke atas atau ke bawah? Lolongan keras lainnya membuatnya bernapas lega - jika Bruce berada di lantai atas, dia tidak berada di luar.

Suara itu semakin keras di setiap langkah yang diambilnya, hingga Anemone melangkah ke kamar mandi yang semula digunakan Bruce untuk melarikan diri.

Bruce berhasil memanjat masuk ke dalam kandang anak kucing, dan ia mengendus-endus di sekelilingnya, sambil memanggil-manggil anak kucingnya yang hilang.

Anemone berlutut. "Saya tahu bagaimana perasaan Anda, si kecil. Aku juga kehilangan bayiku. Kamu hanya perlu mengatakan pada dirimu sendiri bahwa mereka berada di tempat yang lebih baik sekarang."

Bruce meratakan telinganya dan mendesis.

"Baiklah, saya juga tidak yakin saya mempercayainya, tetapi Anda harus terus berjalan. Ingatlah untuk makan dan tidur dan melakukan semua hal normal yang harus kamu lakukan untuk tetap hidup. Ini, biar saya ambilkan makanan khusus yang saya beli..." Dia telah memberi mereka biskuit kucing yang disediakan tempat penampungan, tetapi dia melihat kantong makanan laut kecil di supermarket minggu lalu, dan entah bagaimana makanan itu berakhir di troli belanja annya...

"Ini disebut potongan makanan laut yang empuk," kata Anemone kepada kucingnya sambil membuka tutupnya dan menuangkan isinya ke dalam mangkuk. Kelihatannya seperti sesuatu yang bisa dimakannya, dan baunya juga tidak terlalu busuk. "Aku tahu makanan tidak bisa menggantikan keluarga, tapi kamu harus makan..."

Rasa dingin merambat di punggung Anemone. Lalu yang kedua. Dia mendongak ke atas, tepat pada waktunya untuk melihat setetes air yang jatuh dari langit-langit dan jatuh ke genangan air di lantai. Tidak, tidak, tidak... atapnya tidak mungkin bocor. Tidak pada Sabtu malam di tengah badai ketika tidak ada seorang pun yang bisa datang untuk memperbaikinya.

Dia harus memindahkan kucingnya ke tempat lain.

Anemone meraup bola bulu hitam kecil itu, yang meringkuk dalam pelukannya seolah-olah dia benar-benar mempercayai Anemone untuk menjaganya. Untungnya, sweter Anemone terlalu tebal untuk ditembus oleh cakar setajam jarum itu, meskipun Bruce menggali cakarnya dalam-dalam.

"Haruskah kami menggeser Anda ke binatu untuk malam ini?" Anemone bertanya. "Sudah kering dan hangat karena aku sudah menyalakan mesin pengering, dan aku bisa merapikan tempat tidur yang bagus untukmu di keranjang cucian." Ia mengambil semangkuk makanan. "Kamu bisa makan malam di sana."

Tetesan air datang lebih cepat sekarang, mengguyur lantai hampir sekeras hujan di luar.

Kucing itu menggeliat keluar dari pelukannya dan melompat bebas.

"Tidak, kembalilah!"

Saat itulah dunia menjadi runtuh.

# EMPAT

Dia menemukannya di dalam bak mandi. Dia bangkit dari jongkoknya, debu mengitarinya seperti malaikat saat dia menggelengkan kepalanya dan melihat ke langit-langit.

Kemudian dia mengucapkan beberapa kata yang membuktikan bahwa dia bukanlah seorang malaikat. Dia bahkan tidak yakin apa arti dari semua itu. Dia hampir tertawa. Seorang wanita yang bisa mengalahkan seorang pelaut bukanlah seseorang yang bisa dianggap remeh.

Dia mengikuti tatapannya. Kembang api meledak di kasau, dan dua kabel yang terlihat seperti telegraf yang pernah dilihatnya, memercikkan percikan api ke lantai yang basah di bawahnya, seiring dengan semakin banyaknya air yang mengalir ke bawah. Kemudian hujan plester turun, menjatuhkan ujung salah satu kabel ke lantai, sementara kabel lainnya berayun sangat rendah.

Sebuah bola bulu yang mengeong keluar dari bak mandi dan mendarat di atas meja di sampingnya. Kucing hitam kecil itu kemudian mulai menggosok-gosokkan kepalanya ke dinding, seakan-akan dia tahu bahwa dia bersembunyi di sana.

"Tidak, Bruce!" rengek wanita itu.

Salah satu kabel menjuntai sangat dekat dengan kucing.

Dia tidak berpikir. Dia meraih kabel terdekat, mengayunkannya menjauh dari kucing itu. Percikan api menyambar kulitnya, tapi dia hampir tidak merasakannya. Dia mengikat keduanya, sehingga keduanya menggantung jauh dari lantai, dan berbalik menghadap wanita itu.

"Ya Tuhan... bagaimana bisa... sudahlah. Aku akan mematikan listriknya." Dia bergegas keluar dari kamar mandi dan berlari.

Dia kembali beberapa saat kemudian, terengah-engah dan mengibaskan debu dari rambutnya. "Itu pasti hal paling berani yang pernah saya lihat. Kamu bisa saja terbunuh. Kamu bisa melepaskannya sekarang. Aku sudah mematikan listriknya."

Dia mengangguk. Kabel-kabelnya sudah berhenti mengeluarkan percikan api, dan ini merupakan hal yang baik. Mungkin sudah waktunya untuk bertanya sekarang. "Apa itu listrik?"

# Lima

Dia tidak tahu siapa dia, atau dari mana asalnya, tapi Anemone tidak akan melihat kuda hadiah di mulutnya. Dia telah menyelamatkan nyawanya, jadi itu adalah satu poin besar yang menguntungkannya. Hal itu sudah membuatnya menjadi pahlawan super di matanya.

Dia menyorotkan obornya ke arahnya, mencoba untuk mendapatkan gambar yang lebih baik dari penyelamatnya daripada yang dia lihat melalui percikan api yang berkedip-kedip dari kabel listrik yang robek.

Sebenarnya, hal pertama yang disorot oleh sinar senternya adalah Bruce, yang mendengkur di atas kaki pria itu. Bruce, kucing yang tidak menyukai siapa pun. Yah, dia tidak mungkin seburuk itu jika Bruce menyukainya.

Anemone merasakan bahunya mengendur hampir dengan sendirinya. Dia menarik napas dalam-dalam dan melihat lebih dekat.

Jari-jari kaki telanjang mengintip dari bagian bawah celana longgarnya - jenis yang dikenakan ayahnya ketika dia masih kecil, ketika celana itu sedang populer - dan tonjolan-tonjolan otot muncul begitu saja dari sana. Ada sesuatu di belakangnya, dibayangi oleh tubuhnya, seperti semacam jubah. Persis seperti yang dia harapkan akan dikenakan oleh seorang pahlawan super. Dia ingin mengangkat sinar itu untuk menyinari wajahnya, tapi menyilaukannya akan sangat tidak sopan.

Jadi, jauh lebih dapat diterima untuk membiarkan cahaya bermain di perutnya, saat dia bertanya-tanya apa yang harus dikatakan kepada adik Batman yang lebih muda dan lebih tampan.

"Itu pasti hal paling berani yang pernah saya lihat. Anda bisa saja terbunuh. Anda bisa melepaskannya sekarang. Aku sudah mematikan listriknya."

Oh Tuhan, sekarang dia mengoceh. Dia seharusnya mengucapkan terima kasih, menanyakan siapa dia, atau bagaimana dia bisa masuk ke sini.

"Apa itu listrik?" tanyanya.

Anemon berkedip. Apakah dia mengujinya? Atau mungkin dia tersengat listrik dari kabel dan sekarang otaknya terbakar. "Itu adalah aliran muatan, dalam hal ini dibawa oleh elektron melalui kabel tembaga. Mungkin dari pembangkit listrik tenaga batu bara di selatan, atau mungkin turbin gas, karena sekarang sudah malam, jadi panel surya tidak akan menghasilkan listrik lagi sampai pagi..."

Mengoceh lagi. Dia akan menyesal telah menyelamatkannya sebentar lagi. Sebentar lagi...

Seseorang menggedor pintu di lantai bawah.

"Anemone"? Ini Catena dari rumah sebelah. Apa kau baik-baik saja?"

Bruce melesat saat mendengar suara tetangganya.

Anemone mengulurkan tangan dan meraih kucing itu sebelum dia bisa melarikan diri lagi, melingkarkan lengannya dengan kuat di sekelilingnya saat dia menuju ke bawah.

Dia berjuang untuk membuka kunci pintu hanya dengan satu tangan. "Beri aku waktu sebentar. Saya sedang mencoba..." Akhirnya, dia berhasil membuka pintu. "Um, hai?"

Dari dekat, Catena terlihat lebih muda dari yang ia ingat - seperti masih duduk di bangku kuliah.

"Saya mendengar Anda berteriak, dan saya datang untuk memeriksa apakah Anda baik-baik saja," kata Catena.

Dia berteriak? Naluri, tentu saja, karena dia tidak ingat pernah melakukannya. Oh, tak heran Batman datang menyelamatkannya. Morgan sering mengatakan bahwa ketika dia berteriak, dia terdengar seperti seekor banshee yang menandakan kematian umat manusia. Catena pasti akan mendengarnya.

Apa yang dia tanyakan lagi? Oh, jika dia baik-baik saja.

"Baik, baik." Tapi dia hampir saja mati, dengan air dan listrik yang bercampur di lantai kamar mandinya. "Sekarang, bagaimanapun juga. Sebagian air hujan masuk ke atap, dan sebagian plafon kamar mandi saya runtuh. Air dan kabel di mana-mana. Tapi sekarang sudah aman. Saya sudah mematikan listrik di kotak sekring. Aku akan memanggil tukang listrik di pagi hari. Setelah aku punya kesempatan untuk membersihkan kekacauan ini." Dan selesai menanyai Batman. Dia masih tidak tahu bagaimana pria itu bisa masuk ke rumahnya.

Anemon berkedip. Entah bagaimana, Bruce telah menggeliat bebas, tapi bukannya berlari, seperti yang biasa ia lakukan, ia malah bergesekan dengan dinding. Mendengkur. Seperti yang dia lakukan di kamar mandi sebelum Batman muncul.

Dia tidak ingat Batman bisa berjalan menembus dinding. Kecuali jika itu adalah bakat khusus yang diperuntukkan bagi adik laki-lakinya...

Dia benar-benar harus kembali ke dalam dan bertanya padanya, sekarang.

Anemone menggumamkan alasan atas perilaku aneh kucing itu, dan mencoba menggendongnya.

Bruce, tetaplah Bruce, tidak mau kalah. Dia menghindari tangan Anemone, melesat di antara kedua kaki Catena, lalu meliuk-liuk dan berlari kembali ke dalam apartemen Anemone.

Lebih baik daripada berlari menuruni tangga dan masuk ke foyer... atau lebih buruk lagi, masuk ke dalam apartemen Catena. Sungguh suatu keajaiban kucing itu masih hidup.

"Baiklah, beritahu saya jika Anda membutuhkan bantuan. Saya ada di seberang lorong," kata Catena sambil kembali ke tempatnya.

Anemone menganggguk, dan bergegas menutup pintu sebelum kucing itu memutuskan untuk kabur lagi. Setelah mengunci pintu, dia bergegas menaiki tangga menuju kamar mandi.

"Sekarang, saya tidak bermaksud untuk terdengar tidak berterima kasih karena telah menyelamatkan nyawa saya, tapi saya harus bertanya..." Anemone mulai.

Hanya untuk menemukan bahwa dia sedang berbicara pada dirinya sendiri, karena kamar mandi itu kosong. Sang Batman sudah tidak ada.

Bruce menggosok-gosok kakinya, mengeluarkan rintihan yang menyedihkan.

Nah, itu baru yang pertama.

"Ayo kita makan malam di binatu, seperti yang kita rencanakan sebelum semua ini terjadi," kata Anemone. Dia mengambil apa yang dia butuhkan dan membawanya ke lorong. Kucing itu ikut bersamanya.

Saat makhluk kecil itu mengunyah bungkus makanan lautnya yang kedua, Anemone mengamatinya. Jika dia tidak melihat mereka berdua di ruangan yang sama, dia hampir bertanya-tanya apakah mungkin kucing itu berubah menjadi manusia. Bruce Wayne dan Batman bukanlah hal yang sulit.

Tapi tidak. "Kamu bukan benar-benar seorang Bruce, kan? Setelah hari ini, saya rasa saya akan memanggilmu Lucky," kata Anemone.

Lucky terlalu sibuk menyeruput ikannya untuk tidak setuju.

# Enam

Laut ada di sekelilingnya, ombak berdesir menghantam lambung kapal. Tidak ada siapa-siapa dan tidak ada apa pun kecuali air, dari cakrawala ke cakrawala. Tapi dia harus menemukannya. Dia harus, atau dia akan hilang selamanya. Hilang di laut, dan kemudian dia akan hilang juga...

Anemon terbangun dengan sebuah permulaan. Mimpi buruk itu terjadi lagi. Mengapa dia terus mengalaminya padahal dia tahu lebih baik pergi berlayar sendirian, dia tidak tahu.

Namun, ia tetap melakukan apa yang dikatakan oleh konselor kesedihan kepadanya, karena hal itu seharusnya membantu. Entah bagaimana.

Dia berada di rumah di tempat tidur, di lautan seprai katun yang lembut di bawah jari-jarinya yang mencari-cari. Ia menarik napas dalam-dalam, menghirup aroma samar lavender yang mengering di dalam vas di atas meja rias. Ia menyalakan lampu di samping tempat tidurnya, agar ia dapat melihat keadaan kamarnya. Hanya untuk menemukan Lucky, meringkuk dan mendengkur, di ujung tempat tidurnya.

"Saya pikir saya mengunci kamu di tempat cucian," katanya kepada kucing itu.

Ternyata tidak. Entah itu atau kucing bisa membuka pintu.

Oh sial, bagaimana jika dia membuka pintu kamar mandi yang berantakan dan menemukan debu plester di seluruh rumah?

Anemone mengayunkan kakinya ke lantai atas, di mana lantainya bebas dari jejak kaki yang berdebu. Pintu kamar cuci memang terbuka lebar, menunjukkan kebebasan Lucky, tapi Anemone berani bersumpah bahwa ia telah menutup pintunya sebelum tidur.

Mungkin Batman telah kembali untuk menyelamatkan kucing itu dari kejahatan yang keji. Mungkin dia salah mengira bahwa dia adalah Catwoman, dan seharusnya dia mengganti namanya menjadi Selina Kyle.

Tidak, Batman dan semua pahlawan super lainnya adalah fiksi. Dia pasti membayangkan pria itu ada di kamar mandinya.

Namun, ketika ia mengangkat lentera kemahnya untuk menerangi tempat itu, kekacauan itu masih seperti yang ia ingat, dengan kabel-kabel listrik yang diikat ke dalam jaring yang bersih dari lantai. Dia pernah melihatnya mengikat simpul-simpul itu, meskipun dia tidak melihatnya dengan jelas.

Mungkin dia adalah malaikat yang dikirim Morgan, karena tidak mungkin itu Morgan sendiri - dia akan mengenali suaranya.

Tuhan, dengarkan dia. Pertama, dia bermimpi buruk tentang tersesat di laut padahal dia tidak pernah berlayar jauh dari pantai, dan sekarang dia berdebat apakah dia dikunjungi oleh pahlawan super atau malaikat semalam. Mungkin dia sudah gila.

Gila atau tidak, kekacauan ini perlu dibereskan, dan Anemone tahu bahwa dia tidak akan bisa tidur lebih lama lagi, jadi dia mungkin akan memulainya.

Kembali ke binatu untuk mengambil sarung tangan, ember, peralatan untuk menyapu dan beberapa lentera untuk berkemah, sebelum dia mulai bekerja. Dia mengangkut ember demi ember puing-puing ke luar ke tempat sampah hingga penuh, dan tetap saja terlihat seperti dia baru saja menyentuh tumpukannya. Mungkin karena bagian terbesar dari plafon yang masih utuh masih berada di sana, terlalu besar untuk dibawa ke luar kecuali dia memecahnya atau meminta bantuan orang lain.

Di mana Batman saat Anda membutuhkannya?

Di dalam buku komik di mana ia berasal.

Morgan lah yang ia harapkan ada di sini sekarang. Dia akan masuk untuk membantu, bekerja bersamanya sampai semuanya selesai. Mungkin hal ini tidak akan pernah terjadi jika Morgan masih ada di sini - dia akan menyadari tanda-tanda akan runtuhnya plafon, dan memperbaiki keadaan sebelum menjadi seburuk ini.

Tapi Morgan sudah pergi, dan dia tidak akan kembali, jadi dia harus menghadapinya sendiri. Dengan muram, ia meraih ujung panel langit-langit, dan membalikkannya agar ia bisa menyingkirkannya. Anemon menyandarkannya ke dinding, lalu kembali ke tumpukan puing-puing yang jauh lebih kecil yang bersembunyi di bawahnya. Ia berlutut dengan pengki dan sikatnya, siap untuk melanjutkan, tetapi sapuan pertama kuasnya menemukan sesuatu yang berwarna cokelat dan kasar.

Dia berdoa semoga itu bukan bangkai tikus yang sudah lama mati dan dengan hati-hati membersihkan debunya. Bukan, bukan tikus - kulit ini memiliki jahitan. Tapi itu sangat kecil...

Dengan tangan gemetar, ia mengambil barang temuannya. Itu adalah sepatu anak-anak, sangat kecil sehingga mungkin milik bayi atau boneka.

Seperti yang mungkin akan dikenakan oleh bayinya sendiri, jika dia tidak kehilangannya.

Tanpa peringatan, dia kembali terjatuh ke dalam mimpi buruk, tetapi kali ini bukan lautan badai yang mengelilinginya. Sebaliknya, itu adalah genangan darah yang sepertinya tidak bisa berhenti mengalir, dan rasa sakit di bagian tengah tubuhnya seperti ditusuk.

Sebuah tangisan putus asa mencakar keluar dari tenggorokannya saat dia menyerah pada apa yang dia tahu bukan hanya mimpi buruk, tetapi juga kenangan.

# Tujuh

Hatinya mungkin terbuat dari batu, tetapi dibutuhkan seorang pria yang tidak berperasaan untuk tidak tersentuh oleh wanita yang berlutut, menangis tersedu-sedu di lantai kamar mandi yang berdebu, sambil memegangi sebuah sepatu anak kecil di dadanya.

Wah, putranya sendiri mungkin pernah memakai sepatu seperti itu. Ingatan itu terasa gatal di benaknya, tetapi, bagaimanapun juga, dia tidak dapat mengingat seperti apa wajah anaknya. Yang dia tahu hanyalah bahwa dia telah kehilangannya.

Karena dia pasti telah kehilangan anaknya, karena siapa lagi yang bisa menangis dalam penderitaan seperti itu selain seorang ibu?

Dia tidak berpikir. Dia melangkah dari dinding dan menjatuhkan diri ke lantai di sampingnya, sebelum dia menariknya ke dalam pelukannya.

Awalnya dia menegang, tetapi kemudian dia berkata, "Menangislah sebanyak yang kamu mau, Nona. Tidak ada rasa malu dalam kesedihan seorang ibu."

Dia mendengus. "Tapi saya tidak perlu, itu sebabnya ini sangat konyol. Saya tidak bisa berhen ti..."

Dan dia menangis lagi, sementara dia memeluknya, sebelum akhirnya dia diam.

"Maukah Anda menceritakan tentang dia?" tanyanya. "Anak yang kau hilangkan?"

"Tetapi saya tidak benar-benar mengenalnya, atau apakah itu dia. Dia... Saya tahu bahwa saya hamil, dan saya hanya menunggu waktu yang tepat untuk memberi tahu suami saya, sampai pada malam ketika saya kehilangan dia. Mungkin saya mengangkat terlalu banyak kotak, atau mungkin saya melakukan terlalu banyak hal, atau mungkin ada sesuatu yang salah dengannya dan dia tidak akan pernah selamat saat melahirkan ... Saya tidak akan pernah tahu, tetapi saya pergi ke kamar mandi, dan ada darah di mana-mana ... Saya bahkan tidak ingat menelepon ambulans, tetapi saya pasti meneleponnya, karena Morgan tidak ada di rumah. Dia tidak pulang ke rumah. Saya terbangun di rumah sakit dan polisi ada di sana untuk memberi tahu saya... katakan padaku ..." Dia kembali menangis, terisak lebih keras dari sebelumnya.

Dia hanya memeluknya. Sepertinya itu adalah hal yang tepat untuk dilakukan.

Ketika dia terdiam lagi, dia berkata dengan lembut, "Saya juga pernah kehilangan seorang anak. Saya juga tidak pernah melihatnya. Ibunya menikah dengan pria lain, dan mengatakan bahwa pria itu adalah ayahnya, dan dia tidak mengizinkan saya melihatnya..." Dia menelan ludah. Dia tidak dapat mengingat putranya, tetapi dia dapat mengingat suaranya, yang menyuruhnya pergi dan tidak kembali. "Saya tidak bisa membayangkan betapa sulitnya bagi seorang ibu," ia mengakhiri.

Dia menarik diri darinya sehingga dia bisa melihat wajahnya saat dia menggelengkan kepalanya.

"Tidak ada yang lebih besar dari kesedihan seorang ayah. Jika Morgan tahu... jika saya memiliki kesempatan untuk memberitahunya.. . dia akan berduka bersama saya. Kami akan.. . kami mungkin akan mencoba untuk memiliki anak lagi sekarang, tapi..." Dia menyeka air matanya. "Bagaimana dengan anakmu? Di mana dia sekarang?"

Dia merentangkan tangannya lebar-lebar. "Saya tidak tahu." Dia merenungkan berapa lama waktu yang telah berlalu sejak hari dia mengetahui bahwa dia adalah seorang ayah. Dia tahu, meskipun dia berharap tidak demikian. "Tapi saya yakin dia sudah lama meninggal."

Dia mengangguk perlahan. "Tidaklah wajar jika anak-anak meninggal lebih dulu dari orang tua mereka. Salah, entah bagaimana, seolah-olah dunia telah berputar pada porosnya dan tidak akan pernah sama lagi."

Dia menatapnya. Bagaimana wanita ini bisa membaca pikirannya? Apakah dia seorang penyihir, atau semacam makhluk gaib?

Dia memberikan senyuman yang lebar. "Apakah Morgan yang mengirimmu?"

Dia menggelengkan kepalanya. Dia tidak mengenal siapa pun dengan nama itu.

Dia menunjuk ke arah sayapnya. "Saya pikir, dengan sayap-sayap itu, Anda pasti seorang malaikat, dan mungkin..."

Dia bukan malaikat. Itu dia ketahui dengan pasti. "Aku bukan malaikat, tapi gargoyle, Nona. Gargoyle pelindung gedung ini, dan mereka yang tinggal di sini." Dia mengerutkan kening. Jika hal ini benar, dan dia tahu itu benar, maka tentunya dia akan ingat pernah menolongnya saat dia kehilangan bayinya. Namun dia tidak memiliki ingatan tentang malam yang dia ceritakan. Tidak ada ingatan sama sekali.

Senyumnya berubah menjadi sayu. "Bukan malaikat, dan juga bukan Batman."

"Tidak, Nona, saya bukan seorang batman. Saya adalah seorang tukang kayu kapal... sebelumnya ..." Dia tidak dapat mengingat masa lalunya, kecuali potongan-potongan ingatan yang tampak muncul seperti buih sebelum tenggelam lagi. "Sebelum aku menjadi gargoyle."

"Dan apakah pelukan dan menghibur wanita yang menangis adalah tugas normal bagi seorang gargoyle?" Dia menundukkan kepalanya, menyembunyikan senyuman. "Saya belum pernah bertemu gargoyle sebelumnya dan saya penasaran."

"Nona..." Tidak, itu Nona, bukan? Dia sudah menikah. "Nona..."

"Dokter, sebenarnya. Dokter Seaver. Saya bertemu Morgan saat saya mengambil gelar PhD dan dia sangat bangga saat saya lulus... tapi Anda bisa memanggil saya Anemone, jika Anda suka. Dokter Seaver adalah sebutan yang saya berikan kepada orang-orang yang menjengkelkan di konferensi, saat mereka mencoba mengoreksi saya tentang hal-hal yang tidak mereka ketahui. Anda bercerita tentang gargoyle, yang mana Anda tahu lebih banyak daripada saya, jadi... Anemon."

Kicauan lembut terdengar dari pintu, diikuti oleh derap kaki saat kucing hitam kecil melintasi ruangan untuk melompat ke atas sayapnya yang terbentang, bertumpu pada lantai di belakangnya. Makhluk itu meringkuk menjadi bola dan mulai mendengkur.

"Dan itulah Lucky," wanita itu menambahkan.

Dia mengulurkan tangan untuk membelai kucing itu. Kucing itu mendengkur lebih keras.

"Saya Dunstan," katanya.

Dokter Seaver - Anemone - mengulurkan tangannya, seperti yang dilakukan seorang pria. "Senang berkenalan dengan Anda, Dunstan si gargoyle."

Dunstan cukup tahu tentang dunia ini untuk memastikan bahwa menjabat tangannya dengan cara yang jantan bukanlah sesuatu yang harus dia lakukan. Jadi dia membungkuk dan menempelkan bibirnya ke punggung tangan wanita itu. Dia mungkin bukan seorang pria sejati, tapi dia tahu bagaimana seharusnya bersikap. "Sebuah kehormatan, Anemone."

Dia melipat kakinya di bawahnya dan memberikan perhatian penuh kepadanya. "Sekarang, ceritakan semua tentang gargoyle."

# Delapan

Saat matahari terbit, Anemone berjalan ke kamar mandi dalam untuk membersihkan debu, namun pikirannya tertuju pada kamar mandi yang lain, bersama Dunstan, meskipun gargoyle itu sendiri sudah pergi sebelum fajar, mengatakan padanya bahwa gargoyle tidak bisa bertahan di bawah sinar matahari, karena sinar matahari dapat membuat mereka menjadi batu.

Sebagian dari otaknya bertanya-tanya betapa mudahnya dia menerima keberadaan gargoyle, apalagi yang bisa muncul dan menghilang sesuka hati di dalam kamar mandinya, tapi dia harus mengakui bahwa ada banyak hal di dunia ini yang belum dapat dijelaskan oleh sains, dan makhluk seperti Dunstan jelas merupakan salah satunya. Dan dia sangat menarik.

Dia berdiri dan berputar perlahan untuk menunjukkan sayap, ekor dan tanduknya. Ekornya menyembul keluar dari lubang di bagian belakang celananya, lebih panjang dan berliku-liku daripada ekor Lucky, dan berakhir di semacam titik berbentuk hati.

Sayapnya terlihat kasar, tetapi sayapnya terasa lebih lembut dari itu, lebih mirip ikan pari. Atau mungkin kelelawar. Dia mengatakan bahwa dia terbuat dari batu hidup, meskipun terlihat sangat mirip dengan manusia, yang mana dia pernah menjadi manusia, meskipun dia hanya memiliki sedikit ingatan tentang waktu itu.

Suatu masa sebelum adanya listrik, Anemone menebak.

Karena terbuat dari batu, ia tidak terlalu terancam bahaya dari percikan kabel listrik, tetapi ia masih memiliki beberapa bekas luka bakar akibat percikan api, dan ia mengatakan bahwa ia merasakan percikan api tersebut mengenai dirinya.

Dia tidak tinggal di atap, sebagai patung atau cerat selokan, tetapi di suatu tempat yang gelap, di bawah rumah, di mana dia dapat dipanggil saat dibutuhkan. Bukan ruang bawah tanah, t api... kedengarannya seperti alam lain. Sungguh menakutkan membayangkan sebuah pintu gerbang menuju tempat lain di bawah rumahnya - bagaimana jika seseorang atau sesuatu yang lebih buruk dari Dunstan merangkak keluar dari sana?

Jika ada sesuatu yang terjadi, dia akan melindunginya, dia berjanji, tetapi dia tidak berpikir ada orang di sana ketika dia pergi. Itu bukanlah sebuah dunia yang utuh, melainkan hanya sebuah kantong yang cukup besar untuknya.

Kedengarannya sangat mirip kuburan atau makam bagi Anemone, tapi dia tidak berani mengatakannya. Ia tahu ada beberapa kuburan di Fremantle sejak penjajah pertama kali datang, tapi tak satu pun yang berada di bawah rumahnya. Ada artikel berita beberapa minggu yang lalu, di mana beberapa anak SMA menggali salah satu kuburan di belakang rumah sakit jiwa tua, dan orang-orang bercanda tentang zombie yang bangkit dari kematian, tapi ... jika memang ada zombie yang berkeliaran di Fremantle, pasti sudah ada yang memotretnya sekarang.

Dia tidak makan atau minum, dan dia juga tidak perlu tidur. Dia bisa terbang dan berjalan menembus dinding, meskipun dia tidak bisa menjelaskan bagaimana dia bisa melakukan hal tersebut. Namun, hal itu menjelaskan bagaimana dia bisa muncul begitu cepat ketika langit-langitnya runtuh.

Dia tidak tahu apa-apa tentang sepatu itu, atau bagaimana sepatu itu bisa tersembunyi di langit-langit. Sebuah sepatu yang terlihat seperti sudah lama berada di sana.

Apa yang seharusnya ia lakukan adalah berbicara dengan seseorang yang telah tinggal di sini lebih lama darinya - seperti Catena, gadis di seberang sana. Jika Anemone tidak salah ingat, rumah itu adalah milik nenek Catena, dan sudah menjadi milik keluarganya sejak lama, bahkan mungkin sejak rumah itu dibangun. Mungkin sepatu itu adalah milik paman buyut Catena atau semacamnya.

Dia meluangkan waktunya untuk berpakaian, masih merenungkan semua yang telah dia pelajari di jam-jam sebelum fajar. Apa yang benar-benar perlu dia lakukan adalah berbicara dengan Catena.

# Sembilan

Anemone telah meninggalkan pesan untuk tukang listrik darurat, sarapan, mengisi mesin pencuci piring, melakukan semua pekerjaan lain yang bisa ia pikirkan, dan saat itu baru pukul sembilan pagi. Apakah masih terlalu pagi untuk pergi ke sebelah untuk berbicara dengan tetangga?

Hanya ada satu cara untuk mengetahuinya, pikirnya, jadi dia menuju ke seberang untuk mengetuk pintu Catena.

Hatinya hancur saat melihat Catena masih mengenakan piyama.

"Maaf mengganggu Anda sepagi ini," Anemone memulai, berharap dia bisa langsung tenggelam ke dalam lantai.

Catena hanya mengangkat bahu. "Saya sudah bangun dari tadi. Saya baru saja akan membuat secangkir kopi kedua."

Anemon merasa sedikit lebih baik. Jika gadis itu punya waktu untuk membuat dan meminum secangkir kopi... "Oh, jangan khawatir. Yah, sebenarnya, mungkin. Ini akan terdengar sangat ane h..."

Jika dia menceritakan seluruh kisahnya, Catena mungkin akan mengira dia gila. Batman, gargoyle dan Lucky...

Catena sudah terlihat skeptis.

Kalau begitu, hanya bagian yang tidak terdengar gila.

"Oke, saya pikir ini sangat aneh, tapi... ketika saya sedang membereskan kekacauan semalam, saya menemukan sebuah sepatu. Sepatu anak-anak." Anemone berhenti saat mata Catena menyipit. Oh, ini tidak berjalan dengan baik. Ia buru-buru melanjutkan, "Lihat, ini... ini mengingatkanku pada beberapa koleksi museum. Benar-benar tua dan kokoh. Sepertinya sudah lama sekali berada di atap." Sial, dia mengoceh lagi. Terlalu banyak minum kopi, mungkin, dan kurang tidur. "Saya tidak mengatakannya dengan baik, bukan? Saya bekerja di bidang konservasi. Saya tidak menemukan sesuatu, orang lain yang menemukannya, lalu mereka membawanya kepada saya untuk memastikannya dilestarikan. Atau mencari tahu apakah benda-benda itu bisa dilestarikan. Arkeologi lebih merupakan bidang Anda, dan saya ingat Anda mengatakan bahwa Anda mengenal keluarga yang tinggal di apartemen saya sebelum saya membelinya..." Dia terdiam, lalu menarik napas panjang. "Dengar, kau bilang tadi malam untuk menanyakan apakah aku butuh bantuan. Saya tidak benar-benar membutuhkannya, hanya saja... ada sepatu anak kecil yang disembunyikan di rumah saya. Jika Anda menemukannya, tidakkah Anda ingin tahu lebih banyak? Bahkan mungkin mencari tahu siapa pemiliknya?"

Oke, sekarang dia terdengar putus asa, dan tetangganya tahu itu. Janda tua yang kesepian menjadi gila, hanya ditemani seekor kucing, jadi dia menggali sebuah misteri dan terobsesi dengan misteri itu...

"Ya, saya benar-benar ingin memecahkan misteri sepatu itu, jika itu saya. Beri saya waktu sebentar untuk mengambil kamera dan beberapa kuas, dan saya akan segera ke sana. Saya tidak bisa menjanjikan bahwa saya akan bisa menemukan sesuatu yang lebih dari yang sudah kita ketahui, tapi setidaknya saya bisa melihat dan melakukan sesuatu dengan benar, jadi kita memiliki sesuatu untuk dilanjutkan jika Anda ingin menggali lebih dalam lagi."

Anemone menghembuskan napas yang tidak ia sadari telah ia tahan. "Terima kasih!" Dia hampir memeluk gadis itu, tapi dia mungkin sudah cukup memeluk orang asing selama satu hari. .. sebenarnya, selama sebulan... jadi dia berhasil menahan diri.

Dia kembali ke apartemennya, mempertimbangkan untuk membuat kopi lagi, lalu memutuskan untuk menyeduh teh yang menenangkan. Teh yang belum selesai diseduh ketika Catena mengetuk pintu.

Anemone mengantarnya masuk, dan memandunya menaiki tangga.

"Saya berhenti menyapu saat saya menemukan sepatu itu, jadi Anda bisa melihatnya di tempat itu sebanyak mungkin," katanya. Sekarang dia melihat sekelilingnya, dia bisa melihat semua barang yang seharusnya dia bersihkan atau rapikan sebelum mengundang siapa pun masuk. Dia tidak ingat kapan terakhir kali dia membersihkan debu atau menyedot debu, dan ada banyak kotoran kucing di mana-mana. Apa yang akan dipikirkan Catena tentang dirinya?

Mata Catena membelalak ketika dia sampai di kamar mandi, tapi Anemone bisa memahaminya. Tempat itu tampak seperti habis terkena bom. Untungnya, dia tidak mengomentari kekacauan itu, tetapi langsung bekerja, meletakkan barang-barangnya dan memotret sepatunya.

Anemone meremas-remas tangannya. Dia tahu dia seharusnya tidak mengganggu situs tersebut, tapi... "Maaf, saya menemukannya ketika sedang menyapu, jadi saya mengambilnya. Pada saat saya menyadari... saya sudah menyapu sebagian debu yang menempel, dan benda itu sudah dalam posisi miring, jadi sebagian besar kotoran di dalamnya sudah jatuh." Mengoceh lagi...

Catena terlalu fokus pada sepatu dan debu di sekitarnya untuk melirik Anemone. "Ini tidak seperti makam Tutankhamen, harta karun yang ingin diketahui oleh seluruh dunia."

Namun, ia memperlakukannya seperti sebuah penyelidikan arkeologi formal, dengan penggaris dan segala sesuatunya. Anemon ingin memeluk tetangganya.

"Apakah ada kemungkinan saya bisa melihat-lihat di atas sana?"

Anemon berkedip. Catena menunjuk ke arah rongga atap di mana langit-langit seharusnya berada.

Mengapa dia ingin pergi ke sana? Mungkin di sana penuh dengan laba-laba dan entah apa lagi. Tapi jika itu yang dia inginkan... "Uh, tentu. Aku akan mengambil tangga."

Butuh beberapa saat untuk menemukannya, karena dia tidak ingat di mana dia menaruhnya, tetapi ketika dia akhirnya menemukannya di salah satu lemari pakaian di kamar tamu, Catena tidak terlihat terlalu sabar.

Anemone memasangnya di bawah lubang yang menganga, dan memegangnya dengan mantap sementara Catena memanjat ke atas, memandang dengan penuh keheranan pada hasil karya Dunstan dengan kabelnya.

Bagaimana dia menjelaskannya? Tanpa menyebut Batman atau Dunstan... "Mereka dimatikan di switchboard utama, saya janji. Jika mereka hidup, mereka akan tetap menyala. Mereka aman." Dia menyilangkan jarinya agar Catena tidak bertanya bagaimana dia mengikat simpul-simpul itu tanpa memanjat tangga.

Namun Catena tampak puas dengan penjelasan Anemone, dan terus naik melewati kabel-kabel menuju rongga atap.

Anemone menunggu sambil melihat sekelilingnya, tidak mengatakan apa pun saat ia menjepretkan kameranya. Akhirnya, Catena berkata, "Hei, Anemone, bisakah kamu mengambilkan kuas dan penggaris saya? Saya rasa saya mungkin telah menemukan yang lain."

Sepatu lain? Satu sepatu saja sudah cukup aneh, tapi banyak sekali...orang macam apa yang menaruh sepatunya di langit-langit?

Anemone membereskan barang-barangnya, lalu bergegas memegang tangga lagi, yang sedikit bergoyang-goyang, dengan Catena berdiri di atasnya.

Tanpa peringatan, hujan puing-puing turun, dan mereka berdua mengumpat, lalu mulai batuk-batuk karena debu yang menyertainya.

Catena turun lagi. Sejenak, ia tampak menatap dinding, sampai Anemone menyadari bahwa Lucky menggosok-gosok plester. Ia bertanya-tanya apakah baunya seperti Dunstan.

Kemudian dia melihat ke bawah ke tumpukan sampah yang baru turun dari langit-langit. Ada sebuah sepatu lagi. Jika ia tidak bisa melihat sepatu yang asli yang berjarak satu meter dari tumpukan debu pertama, ia pasti mengira sepatu itu adalah sepatu yang sama. Ia menyenggolnya dengan kakinya, mengeluarkannya dari dalam tanah. "Sepertinya ini sepasang."

Catena memiliki ekspresi paling aneh di wajahnya, seperti hendak mengatakan sesuatu, lalu mengurungkan niatnya, dan berlutut untuk menyikat sepatu baru itu hingga bersih. Dia meletakkan kedua sepatu itu di atas lantai yang kosong, dan tidak salah lagi, keduanya adalah sepasang sepatu yang serasi. Lalu mengapa...?

Catena mengambil beberapa foto lagi dari pasangan itu, kemudian menegakkan badannya. Ia menutup kotak kuasnya dengan mudah, seperti orang yang sudah sering melakukannya. "Baiklah, saya punya beberapa foto, dan saya akan melakukan sedikit riset dengan foto-foto itu. Apa yang ingin kamu lakukan dengan sepatu itu?"

Ia ingin mengembalikannya kepada pemiliknya, tapi anak mana pun yang pernah mengenakannya mungkin sudah meninggal karena tua sekarang. Anemone mengangkat bahu. "Entahlah. Kurasa aku akan melakukan apa yang selalu kami lakukan di museum saat ada barang baru yang masuk. Membungkus dan membekukannya untuk membunuh serangga." Siapa yang tahu serangga jenis apa yang tinggal di rongga atap tua itu?

Catena mengangguk. "Kedengarannya seperti sebuah rencana. Sebaiknya aku sarapan dulu, dan akan kuberitahu apa yang kutemukan. Dan jika kamu butuh sesuatu - perbaikan, apa pun, beritahu aku, oke? Hanya karena kita hidup sendiri, bukan berarti kita sendirian." Dia menatap Lucky.

Tidak dengan Dunstan yang ada di dalam gedung. "Ya. Baiklah. Terima kasih. Aku mungkin harus menyelesaikan pembersihan di sini sehingga aku bisa mandi." Satu lagi.

"Ya, saya juga membutuhkannya, setelah itu."

Anemone mengantar Catena keluar dan menutup pintu dengan kuat di belakangnya. Kemudian dia merebahkan diri ke lantai, dengan punggung menghadap pintu.

Sepatu jatuh dari langit-langit. Gargoyle berjalan keluar dari dinding. Tetangga yang baik hati yang ingin berteman. Anemone telah menjalani kehidupan yang begitu tenang sejak dia kehilangan Morgan, hampir terlalu berat baginya untuk menjalani semuanya sekaligus.

Namun... itu terjadi, dan tidak ada yang bisa dia lakukan untuk menghentikannya. Sebenarnya, dia mungkin harus mencoba menelepon tukang listrik lagi, dengan harapan dia bisa datang hari ini untuk membetulkan kabelnya. Dia tidak ingin terjebak dengan lentera berkemah untuk penerangan lagi. Bahkan dengan Dunstan di sini, rumah itu benar-benar menyeramkan karena begitu gelap. Jika dia tidur lebih awal, mimpi buruknya akan kembali, dan dia berani bertaruh setiap sen yang dia miliki bahwa akan ada sepatu bayi di dalamnya sekarang.

# Sepuluh

Dunstan mungkin terkurung di dinding setelah matahari terbit, tetapi itu tidak berarti dia berhenti mengamatinya. Ketika dia menanggalkan pakaiannya di kamar mandi, dia harus memaksakan diri untuk memalingkan wajahnya, tetapi tidak sebelum dia melihat sekilas bayangannya di cermin.

Ya Tuhan, dia dibangun seperti seorang dewi. Lekuk tubuh di semua tempat yang tepat, namun cukup kecil untuk menyelimuti wanita itu dalam pelukannya untuk membuatnya tetap hanya untuk dirinya sendiri, dan seluruh dunia, selama wanita itu mengizinkannya. Dia tidak dapat mengingat kapan terakhir kali dia menyentuh seorang wanita, apalagi yang telanjang, tetapi butuh semua pengendalian dirinya untuk tidak masuk ke kamar mandi di belakangnya dan menawarkan diri untuk membantunya mandi.

Dia mungkin terbuat dari batu, tetapi beberapa bagian dari dirinya tumbuh lebih keras daripada yang lain, seperti halnya pria mana pun, ketika dihadapkan pada visi keindahan seperti itu. Suaminya pasti sudah gila, tidak ingin bersamanya setiap saat, siang dan malam.

Dia berhasil mengendalikan dirinya saat dia pergi untuk berbicara dengan tetangganya, tetapi kemudian dia kembali, dan membungkuk untuk memeriksa sesuatu di lantai.

Bagian belakangnya yang bulat saat ia membungkuk, meregangkan kain celananya, menunjukkan bentuk kesempurnaan yang tidak dapat disembunyikan oleh pakaian modern ini...

Dia hampir melangkah keluar dari tembok, sinar matahari terkutuk, untuk berlutut menyembah.

Dia tidak akan memberikan hatinya, tetapi bagian lain dari tubuhnya tidak memiliki keraguan seperti itu.

Tetangganya yang masih muda mungkin juga seorang penyihir, karena lebih dari sekali ia memusatkan pandangannya ke dinding, seakan-akan ia tahu bahwa ia ada di sana. Kucing itu terus menggosok-gosokkan kakinya, bahkan menembus dinding batu.

Orang yang berakal sehat akan turun ke dalam kegelapan, dan jatuh ke dalam pelupaan untuk menunggu panggilan Anemon.

Dunstan, yang rakus akan hukuman, memilih untuk tetap berada di tempat yang bisa melihatnya. Dia tidak dapat menjelaskannya, tetapi dia merasa itu adalah hal yang benar untuk dilakukan. Bahkan jika itu adalah tujuh jenis kesalahan untuk menginginkan istri orang lain dengan begitu putus asa.

Seandainya saja dia bisa mengendalikan keingi nannya...

# Sebelas

Sepanjang sore dan sebagian besar gajinya kemudian, Anemone menyalakan lampu kembali.

"Ketika Anda mengganti plafon, hubungi saya dan saya bisa memasang lampu langit-langit baru untuk Anda. Tapi Anda akan membutuhkan tukang kayu untuk mengganti plafon dan mungkin tukang batu untuk menangani kerusakan akibat badai, dan memperbaiki dinding atau hal ini akan terjadi lagi. Entah di mana Anda akan menemukannya. Bangunan warisan ini... " Tukang listrik itu menggelengkan kepalanya. "Pokoknya, ketika Anda menemukan seseorang untuk melakukan pekerjaan itu, hubungi saya, dan saya akan memasukkan Anda ke dalam jadwal saya. Kabar baiknya, perusahaan asuransi Anda mungkin akan menanggung sebagian biaya perbaikan, jadi hubungi mereka pada hari Senin."

Dia mengucapkan terima kasih dan mengantarnya keluar.

Ketika sang suami pergi, dia duduk di meja makan dengan kepala di tangannya. Dia tidak tahu harus mulai dari mana untuk menemukan seseorang yang memiliki spesialisasi dalam memperbaiki bangunan bersejarah.

Sebenarnya, itu tidak benar. Staf di museum pasti tahu. Museum ini berada di salah satu bangunan narapidana paling awal di Fremantle, jadi mereka memiliki daftar kontraktor yang tahu cara merawat bangunan yang sudah berusia ratusan tahun. Dan kemudian ada petugas cagar budaya penjara, yang setiap hari mengeluh tentang betapa sulitnya menjaga batu kapur yang runtuh agar tidak jatuh di sekitar telinga mereka.

Besok dia akan membuat beberapa panggilan. Sesuatu akan muncul.

Sambil mengangguk-angguk, ia beranjak ke dapur. Dia biasanya menghabiskan malam Minggu dengan menyiapkan makanan untuk sisa minggu itu, dan hari ini tidak terkecuali. Apalagi sekarang listriknya sudah menyala kembali. Minggu ini, ia berencana untuk memasukkan gulai gaya Hungaria ke dalam slow cooker, jadi ia mulai mengerjakannya terlebih dahulu, karena perlu waktu semalam dan sehari untuk memasaknya, dan perlu diaduk sesekali dalam beberapa jam pertama.

Hmm, dia hampir kehabisan paprika asap. Dia mencatatnya di daftar belanja, lalu memeriksa menu berikutnya. Ah, sup ayam dan jagung manis. Butuh sedikit waktu, tapi sup itu membeku dengan baik dan dia bisa membawanya untuk makan siang selama seminggu.

Ayamnya berwarna kecoklatan di dalam wajan, Lucky dengan senang hati menyeruput sisa dagingnya dan Anemone berhenti sejenak untuk menambahkan saus hoisin ke dalam daftar belanjaannya.

"Apa yang kamu masak? Baunya seperti Singapura di sini."

Dia hanya bisa berhenti dan menatap. Di bawah lampu dapur yang terang, dia bisa saja menjadi sebuah patung - David karya Michelangelo, hanya saja dipahat dari batu kapur, bukan marmer, dan mengenakan celana. Setiap bagian tubuhnya yang bisa dia lihat adalah otot yang ramping dan keras, termasuk sayapnya. Mungkin bukan ekornya. Atau tanduknya.

Tapi tanduknya akan memberikan seorang gadis sesuatu untuk dipegang jika dia mengangkangi dia, pikir Anemone sambil lalu sebelum dia sadar. Dia belum pernah memikirkan pria lain seperti itu sejak... sebelum Morgan meninggal.

Dan Dunstan telah menyelamatkan hidupnya dan menghiburnya saat ia sangat membutuhkannya. Dia tidak pantas untuk diobjekkan di tengah-tengah dapurnya, demi Tuhan.

Bahkan jika dia akan membuat patung yang megah. Tanpa celana, tentu saja.

Anemone menggelengkan kepalanya untuk menghilangkan bayangan yang tidak pantas. "Ini adalah sup ayam dan jagung manis ala Asia, atau mungkin akan seperti itu. Saat ini, ini hanya potongan dada ayam yang ditumis dengan saus hoisin, kecap asin dan tiram, dengan sedikit arak Shaoxing. Anda bisa mencicipinya jika sudah siap, jika Anda suka, meskipun mungkin akan memakan waktu sekitar satu jam lagi, karena saya sedang membuat panci besar untuk persediaan selama seminggu."

Dia menggelengkan kepalanya. Bukan patung lagi. "Aku adalah batu hidup. Saya tidak perlu makan."

Namun dia memiliki indra penciuman, yang tentunya berarti dia bisa mencicipi... "Kamu bisa mencicipinya. Tempelkan lidahmu ke dalam sesendok makanan itu, mungkin?"

"Baunya sudah cukup. Ini mengingatkan saya. .."

"Dari Singapura, katamu. Kapan kamu pergi ke sana?"

Dia mengangkat bahu, dan riak itu melewati bahunya dan turun ke bawah sayapnya. "Saya tidak ingat."

Tentu saja. "Apa yang Anda ingat?"

Dia menggelengkan kepalanya. "Tidak ada yang bagus."

"Anda pasti memiliki kenangan indah," dia bersikeras.

"Jika saya ingat, saya tidak mengingatnya." Dia menundukkan kepalanya. "Maafkan saya, Nona ... Anemone. Dokter Seaver. Saya adalah teman yang buruk malam ini. Jika Anda tidak membutuhkan perlindungan saya, saya akan... pergi..."

"Jangan kembali ke tempat Anda sebelumnya." Kalimat itu keluar lebih tajam dari yang dia maksudkan. Anemone membasahi bibirnya. "Aku benci membayangkan kau terjebak di suatu tempat yang gelap, seperti yang kau ceritakan, menunggu panggilan. Aku bahkan tidak tahu bagaimana cara memanggilmu. Maksudku, bagaimana jika..." Sekarang siapa yang tidak bisa menyelesaikan kalimatnya?

"Kalau begitu saya akan naik ke atap. Aku tidak akan pergi jauh." Sebelum dia sempat menjawab, dia melangkah ke dinding dan menghilang.

Anemone berkedip. Memiliki gargoyle di rumahnya akan membutuhkan waktu untuk membiasakan diri.

# Dua Belas

Kabut tipis hujan turun saat Dunstan mencapai atap, tetapi tetesan air hanya menggulung sayapnya, jadi dia mengabaikannya. Mungkin hawa dingin akan menjadi hal yang baik, berbeda dengan dapurnya yang hangat dan ramah. Dia baru mengenalnya dua hari. Dia tidak mungkin datang untuk merawatnya dalam waktu singkat.

Hatinya adalah batu. Keras dan tidak bisa ditembus dan tidak bisa dihancurkan. Tidak akan luluh pada belas kasihan seorang wanita, meskipun dia adalah pelindungnya.

Cara dia berbicara tentang lidah dan rasa...

Dia tentu saja tidak memikirkan sup. Dan sekarang, bahkan di tengah hujan musim dingin, bayangan tentang apa yang ingin ia lakukan padanya tidak akan hilang.

Cara wanita itu menatapnya saat ia pertama kali masuk ke dapur... sesaat saja, matanya terlihat membara, dan ia ingat bahwa ia adalah seorang wanita yang sudah menikah, bukan seorang gadis yang masih perawan. Dia tahu bagaimana rasanya meniduri seorang pria. Seorang pria yang sangat beruntung, yang bukan dirinya. Tuhan, dia berani bertaruh bahwa wanita itu luar biasa dalam hal itu.

Sambil bersumpah, ia melebarkan sayapnya dan dalam satu sapuan kuat, ia mengudara, melesat ke arah angin dalam upaya putus asa untuk membersihkan pikiran-pikiran kotor dari benaknya.

# Tiga Belas

Untungnya, tidak ada lagi plafon yang runtuh sebelum Anemone harus masuk kerja pada hari Senin pagi. Kafe di seberang jalan buka, dan mereka menyajikan kopi yang lebih enak daripada yang ada di kantor, jadi dia memutuskan untuk mampir sebentar. Dan moka. Atau mungkin sebuah cappuccino...

"Selamat pagi," gadis di belakang meja menyapanya, dengan senyum sumringah yang hanya bisa dilakukan oleh seorang barista di pagi hari.

Anemone mengembalikannya, dengan cara yang sama. "Pagi. Aku mau minum... bisakah kau membuatkanku mochaccino?"

"Tentu."

"Anda ingin muffin dengan itu?" Wanita kedua, yang usianya mendekati usia Anemone, keluar dari dapur dengan membawa nampan berisi muffin. Aromanya harum sekali.

Tentu saja ya. Mulut Anemone berair. "Jenis apa itu?" dia bertanya.

"Cokelat putih dan macadamia, raspberry dan kelapa, dan tentu saja, triple choc. Yang raspberry kelapa juga bebas gluten. Lebih mirip kue goreng daripada muffin, sungguh."

Yang tercium olehnya adalah aroma raspberry dan kelapa. "Raspberry, tolong." Tapi yang lainnya terlihat sangat enak... "Dan salah satu yang lain, untuk nanti."

"Terang atau gelap?"

Hari ini, dia tidak yakin. "Mana saja yang terlihat paling bagus," kata Anemone.

Gadis yang lebih muda itu mulai membuat kopinya. "Apakah kamu melihat Mothman?"

"Apa?" Itu pasti film atau serial TV baru.

"Manusia Ngengat." Gadis itu menunjuk ke layar di belakang konter, di mana sebuah video seorang pria berjubah mencengkeram seorang wanita, lalu menghilang, sebelum video pendek itu diputar lagi. "Kami menawarkan kopi gratis selama sebulan bagi siapa saja yang bisa mendapatkan video dia yang lain. Itu ada di luar sini, Anda tahu."

Anemone melangkah ke konter, untuk melihat lebih dekat pada video tersebut. Sekilas dia terlihat seperti Batman, atau Dunstan, tapi siapa pun dia, dia pasti lebih besar dari Dunstan. "Menurut saya, dia mirip Batman."

Wanita itu menjatuhkan penjepitnya dengan suara gemerincing. "Dia sama sekali tidak mirip Batman! Batman memiliki telinga kucing dan jubah. Orang ini memiliki sayap, dan benda-benda di kepalanya itu adalah antena - benar-benar berbeda."

"Atau tanduk," kata Anemone tanpa berpikir panjang. Tanduk itu memang terlihat seperti tanduk Dunstan. Tapi itu tidak mungkin dia.

Sekarang gadis itu mengintip ke arah video. "Kau tahu, bisa jadi itu tanduk. Sayap, tanduk ... apa menurutmu dia mungkin setan?" Dia menggigil. "Kurasa Mothman terdengar jauh lebih aman."

Wanita itu meniup sebuah raspberry. "Iblis dan malaikat tidak ada. Tapi pria itu ada, dan dia mendatangkan banyak pelanggan di malam hari, berharap bisa melihatnya sekilas." Dia melirik ke arah jam tangannya. "Apa kamu tidak apa-apa mengelola tempat ini sendirian sementara aku mengantar Rory ke sekolah?"

Gadis itu menyeringai. "Selama tidak ada setan yang muncul, tentu saja."

"Rory!"

Seorang gadis kecil yang mungkin berusia sekitar lima tahun keluar dari dapur, kuncir kudanya yang tinggi memantul di setiap langkahnya. Anemone tidak tahu kalau mereka membuat seragam sekolah sekecil itu. "Bisakah kita pergi sekarang, Bu?

"Ya, sayang. Apa kamu yakin kamu akan baik-baik saja di sini sendirian, Rochelle?" tanya wanita itu.

Rochelle memutar matanya. "Aku akan baik-baik saja, Bu."

"Dia ibuku, bukan ibumu," bentak gadis kecil itu sambil meletakkan tangannya di pinggul.

"Maaf, Rory. Saya akan baik-baik saja, Tacey," kata Rochelle.

Tacey mengangguk. "Saya akan segera kembali. Kalau begitu, saya akan mulai membuat sandwich."

Keluarga kecil itu pun pergi, meninggalkan Anemone sendirian bersama Rochelle.

"Apakah pembatasan pandemi ini sangat memukul Anda?" Anemone bertanya.

Rochelle mengangkat bahu. "Saya, tidak, tapi Tacey, yang memiliki tempat ini, harus mengurangi jam bukanya, dan merumahkan semua staf lepasnya. Saya rasa dia baik-baik saja dengan dukungan pemerintah, tapi sangat menyenangkan baginya karena semuanya kembali terbuka. Tentu saja, menyebarkan berita bahwa kami membuka malam hari lagi agak lambat... karena itu kontes Mothman." Dia melambaikan tangan ke arah layar. "Kontes ini mendatangkan kerumunan yang bagus, tapi saya tidak tahu berapa lama hal itu akan berlangsung kecuali jika ada yang memotretnya lagi." Dia merendahkan suaranya. "Antara Anda dan saya, saya tidak akan menyuruh Tacey untuk menyewa seorang pria untuk mengenakan kostum Batman, jika jumlah pengunjung mulai menurun lagi. Maksud saya, kopi gratis adalah insentif yang bagus, tapi jika tidak ada yang melihatnya lagi..." Dia mendongak, harapan bersinar di matanya. "Anda belum melihatnya, kan?"

Itu bukan Dunstan. Tidak mungkin. Perlahan-lahan, Anemone menggelengkan kepalanya. "Dan bahkan jika saya melihat orang ini, gambar buram dan goyah yang saya dapatkan dari kamera ponsel saya tidak akan layak untuk ditunjukkan kepada siapa pun. Saya tidak pandai mengambil gambar. Untung saja saya mampu membayar kebiasaan minum kopi saya, karena saya tidak akan memenangkan kontes Anda dalam waktu dekat."

Rochelle meletakkan kopinya di atas meja dan membuka tutupnya. Kemudian dia mengambil penjepitnya. "Satu raspberry friand dan... apa yang Anda inginkan?"

"Mana yang terlihat paling bagus," ulang Anemone. Karena mereka semua terlihat sangat bagus.

Rochelle mengintip ke dalam lemari muffin. "Oh, saya menemukan yang sempurna. Kelihatannya seperti cokelat, semuanya berwarna gelap di bagian atas, tapi pucat di bawahnya. Sepertinya Tacey menuangkan bagian terakhir dari setiap adonan muffin ke dalam wadah yang sama, jadi ini adalah setengah-setengah. Terang dan gelap bersama-sama - sempurna untuk seseorang yang tidak bisa memutuskan." Dia mengantongi muffin dan meletakkannya di atas meja di sebelah cangkir Anemone. "Besok, kamu bisa beritahu saya bagian mana yang lebih kamu sukai."

Besok? Anemone tidak ingat kapan terakhir kali dia sengaja pergi keluar untuk makan sebelum hari ini. Namun ... dia tidak sepenuhnya menolak ide itu. Mungkin... mungkin dia bisa menghabiskan waktu bersama orang-orang lagi. "Besok," dia setuju, sebelum dia berangkat kerja.

# Empat Belas

Anemone telah bertanya-tanya di tempat kerja, tapi tidak ada yang bisa memberitahunya tukang kayu yang baik untuk datang dan membantunya memperbaiki plafonnya. Bahkan, jika dia menemukan seseorang yang cocok untuk melakukan pekerjaan perbaikan pada properti warisan, rekan-rekannya akan mempertimbangkan untuk mempekerjakannya juga. Terutama jika mereka tahu tentang merestorasi batu kapur era narapidana.

Jadi, tepat sebelum ia pergi untuk makan siang, ia menelepon Museum Bahari.

"Hai, Departemen Konservasi."

"Emily?"

"Anemon?"

"Ya Tuhan, saya baru saja akan menelepon Anda. Mereka perlu memasang tambatan baru di lepas pantai Pulau Rottnest, dan Dewan benar-benar menolak untuk melanjutkannya kecuali jika penilaian dampak penuh dilakukan pada bangkai kapal dan jalur penyelaman, dan mereka bersikeras bahwa mereka membutuhkan Anda dalam tim penilai. Saya mencoba menjelaskan bahwa Anda tidak bekerja untuk kami lagi, bahwa Anda sedang diperbantukan di Penjara Fremantle, tetapi karena nama Anda ada di set terakhir laporan kondisi bangkai kapal sebelum jalur penyelaman dilakukan, mereka tidak mau menerima orang lain. Tolonglah, maukah Anda melakukannya?"

Anemone berharap dia bisa mengatakan ya, t api... "Aku benar-benar tidak nyaman berada di atas kapal, Emily. Dan kapal karam..."

"Saya tahu, saya tahu, tapi kapal-kapal ini sudah berumur lebih dari seratus tahun, dan lebih banyak karang daripada lambungnya. Dan ini tidak seperti kita akan benar-benar berlayar atau apa pun. Ini di Rottnest. Kami akan berlabuh sangat dekat dengan pantai, dan yang harus Anda lakukan adalah menonton monitor sementara para penyelam melakukan semua pekerjaan. Tolong, Anemone."

"Saya sangat sibuk di penjara. Mereka baru saja mendapatkan dana untuk beberapa pekerjaan pelestarian dan tim arkeologi telah menemukan berbagai macam cache di bawah papan lantai di dalam sel. Ditambah lagi, mereka akan mulai bekerja di Komisariat, yang dibangun pada tahun 1850-an, dan..."

"Tidak ada orang lain. Kami sudah mencari. Semua orang yang bahkan setengahnya memiliki kualifikasi atau berpengalaman seperti Anda ada di dalam atau di luar negeri. Biasanya, kami akan menerbangkan seseorang jika memang harus, terutama dengan departemen lain yang menanggung biaya, tetapi kami bahkan tidak bisa melakukannya dengan perbatasan yang ditutup. Ditambah lagi, mereka harus mendapatkan tambatan kapal itu sebelum Oktober, atau mereka kehilangan dana, dan pekerjaan dijadwalkan untuk dimulai bulan depan... Anda adalah satu-satunya harapan kami. Jujur. Dan saya bersumpah, tidak ada hal buruk yang akan terjadi. Ini akan menjadi kapal teraman yang pernah terombang-ambing di lautan paling tenang yang bisa dibayangkan, meluncur jauh dari pantai, semuanya di siang hari. Lokasi ini terlalu berombak untuk menyelam di cuaca yang paling tenang sekalipun, jadi jika ada tanda-tanda badai sekecil apa pun, kami tidak akan keluar. Kumohon, Anemone. Saya secara pribadi akan memasakkan makan malam untukmu setiap malam selama sebulan jika kamu melakukan ini."

Anemone harus tersenyum mendengarnya. "Kamu tidak bisa memasak."

"Itu tidak benar! Saya belum pernah membakar lasagna!"

"Itu karena Anda hanya memasak lasagna beku, dan Anda memasukkannya ke dalam oven sesuai waktu yang tertera di kemasan, dan Anda menggunakan pengatur waktu laboratorium untuk memastikan Anda ingat untuk mengeluarkannya tepat waktu."

""Itu masih dianggap memasak. Saya pernah bertemu dengan pria yang bahkan tidak bisa melakukan itu!"

Anemon menghela napas. Ya, begitu juga dia. Morgan juga bukan seorang juru masak, tapi jika menyangkut soal membangun sesuatu atau memperbaiki sesuatu atau apa pun yang berhubungan dengan air, dia sangat ahli dalam hal itu. Dia mungkin akan mengerjakan langit-langitnya sendiri. Dengan semua pekerjaannya di perahu replika, dia mungkin tahu persis apa yang harus dilakukan.

Namun Morgan telah tiada, itulah sebabnya ia harus mencari tukang kayu, dan mengapa ia kini bekerja dengan tim museum penjara dan bukannya di Museum Maritim, dan mengapa ia akan membenci setiap menit ia berada di atas kapal.

"Jika Anda berjanji untuk tidak memasakkan makan malam untuk saya selama sebulan, saya akan melakukannya," kata Anemone. "Tapi hanya jika atasan saya setuju."

"Percayalah, dengan tarif konsultasi yang mereka bayarkan, atasan Anda tidak akan menolaknya. Dia akan mampu membayar pekerja sementara untuk menggantikanmu dan menggajimu, dengan uang sisa. Baiklah, saya akan memberikan jadwal dan bangkai kapal mana yang akan kita perik sa..."

Sisa dari panggilan telepon tersebut melibatkan Emily yang menjelaskan seluruh penjelasan singkat proyek, sementara Anemone menulis catatan secepat mungkin. Semakin banyak yang didengarnya, semakin dia tahu bahwa dia tidak mungkin mundur sekarang. Tidak ada yang lebih mengenal situs-situs itu selain dia - dia menyelam hampir setiap hari selama survei sebelumnya. Ini adalah salah satu proyek favoritnya di Museum Maritim - proyek kedua setelah peninggalan *Batavia* di Houtman Abrolhos.

Melestarikan artefak di penjara memang menarik, tetapi arkeologi bawah air seperti memasuki dunia yang sama sekali berbeda.

"Jadi, sampai jumpa di dermaga kapal, Senin pagi depan!" Kata Emily, dan mengakhiri panggilan telepon.

Baru setelah Anemone meletakkan gagang telepon kembali ke tempatnya, ia baru menyadari bahwa ia lupa bertanya kepada Emily tentang tukang kayu.

Sial.

# Lima Belas

Ketika Anemone tiba di rumah malam itu, ia disambut oleh aroma gulai yang menggugah selera - yang kini siap untuk disantap. "Jika kamu bukan mesin yang tak punya pikiran, aku bisa jatuh cinta padamu," katanya pada slow cooker-nya.

Sebuah suara mengembik dari dekat kakinya menarik perhatiannya pada Lucky, dan mangkuk yang kini kosong yang ia duduki dengan penuh harap di depannya. Menghela napas, Anemone membereskan makan malam Lucky sebelum menyantap makan malamnya sendiri.

Dia membeli roti penghuni pertama dalam perjalanannya dari kantor ke rumah, jadi dia memotong beberapa potong untuk menyiram rebusan. Kemudian dia melihat sebotol anggur di bangku, sisa dari apa yang dia tuangkan ke dalam gulai. Meskipun ia biasanya tidak minum sendirian, segelas wine akan cocok untuk makan malam. Dia meraih gelas anggur.

"Selamat malam, Dokter Seaver."

Dia meletakkan dua gelas di atas meja. "Selamat malam, Dunstan. Dan tolong panggil aku Anemone." Dia melambaikan tangan ke arah gelas-gelas itu. "Kau mau anggur? Atau gulai? Aku punya banyak."

"Gargoyle tidak perlu makan atau minum, Anemon."

Dia mengembuskan napas. "Saya tahu, Anda telah mengatakan kepada saya, tapi rasanya tidak enak makan di depan Anda... atau lebih buruk lagi, minum wine di depan Anda, tanpa menawarkan untuk berbagi dengan Anda. Terutama karena Anda telah berada di sini sepanjang hari, dengan aroma masakan yang menggoda Anda untuk mencicipinya. Apa yang Anda lakukan sepanjang hari?"

"Ketika saya tidak berada di bawah rumah, menunggu panggilan Anda, saya bersembunyi di dalam dinding. Mengawasi," katanya.

Dia mengangkat gelas anggurnya ke bibirnya dan menyesapnya. Oh, itu warna merah yang indah. Mungkin terlalu bagus untuk digunakan dalam masakan, tapi sekarang sudah terlambat. Dia pasti akan meminum sisanya. "Apa yang kamu tonton?"

Itu tidak mungkin dia - dia sedang bekerja.

"Kucing Anda menemukan serangga sore ini, dan sangat menyenangkan melihatnya berburu dan menangkapnya."

Ya, hal itu tidak berubah, sejak Dunstan lahir hingga kegilaan video kucing saat ini.

"Dan setelah itu? Atau sebelum itu?" dia bertanya

Dia ragu-ragu, lalu berkata, "Banyak orang berjalan melewati rumah Anda di trotoar di luar. Mereka mengenakan pakaian yang berbeda dari yang biasa saya kenakan, dan sebagian dari mereka menatap layar kecil yang mereka pegang di tangan mereka, alih-alih melihat ke mana mereka akan pergi. Itu yang paling - "

Sebuah ketukan di pintu menyela dia.

"Tahan pikiran itu. Saya akan segera kembali," katanya, sambil menuju pintu depan.

# Enam Belas

Anemone membuka pintu dan mendapati Catena berdiri di sana. "Apa yang bisa saya bantu?"

Catena berkata, "Saya pikir Anda mungkin ingin tahu apa yang saya temukan tentang sepatu Anda."

Sepatu? Oh, sepatu yang jatuh dari langit-langit. "Itu cepat sekali. Masuklah. Kami baru saja menyelesaikan makan malam."

Anemone membuka pintu lebar-lebar, tapi Catena menjauh. "Aku tidak tahu kalau kau ada tamu. Aku bisa kembali lagi nanti, atau di lain hari, jika kau mau."

Dia mengatakan kita, bukan? Sejenak, Anemone mempertimbangkan untuk menceritakan tentang Dunstan kepada tetangganya, lalu mengurungkan niatnya. Jika dia tidak melihat gargoyle itu dengan matanya sendiri, dia akan berpikir bahwa dia sudah gila karena menceritakan kisah seperti itu. Sebaliknya, dia berkata, "Oh, tidak, ini hanya saya dan kucing. Masuklah dan lihatlah."

Seperti yang ia duga, Dunstan menghilang lagi. Hampir seperti halusinasi.

"Oh, apa itu?" Catena berseru.

Anemone mengamati sekeliling ruangan, tetapi perhatian gadis itu tertuju pada slow cooker yang menggelegak. Anemone menghela napas lega. "Gulai ala Hungaria. Butuh waktu sekitar dua hari untuk memasaknya, jadi saya membuat dalam jumlah besar dan membekukannya, atau saya akan memakannya setiap kali makan selama seminggu. Ini, saya ambilkan untukmu." Dia menyajikannya, dan memotong roti lagi untuk Catena, menyiapkan tempat untuknya di bangku.

Catena tampak tercabik-cabik. "Oh, saya tidak bisa..."

"Tentu saja bisa. Ada banyak sekali. Setidaknya itu yang bisa kulakukan, jika kau menemukan pemilik sepatu misteriusku."

Catena menghindari tatapannya. "Ya, itu mungkin tidak semudah yang saya pikirkan..."

Secara singkat, ia menjelaskan tentang praktik mengerikan pengorbanan fondasi, mengubur mayat atau barang pribadi di fondasi bangunan untuk melindunginya.

Anemone hanya setengah mendengarkan, karena pikirannya langsung melayang ke Dunstan, dan kuburannya di bawah rumah, atau apa pun itu. Kedengarannya ia telah menjadi korban yayasan.

Tapi... penyihir di Fremantle? Apa selanjutnya?

Anemone menghela napas. "Jadi menurutmu penyihir yang menaruh sepatu itu di sana?"

Catena tersedak, dan butuh beberapa menit untuk batuk-batuk sementara Anemone mengambilkan minuman sebelum Catena bisa menjawab.

"Saya tidak tahu tentang penyihir," dia mulai dengan hati-hati, "tapi sepertinya sepatu itu mungkin ditaruh di sana sebagai bagian dari ritual kesuburan atau perlindungan. Apakah mereka benar-benar melakukan sesuatu, tidak ada yang tahu, dan saya kira itu tergantung pada apa yang Anda yakini."

Perlindungan dan kesuburan. Dua hal yang pasti bisa ia lakukan dengan lebih baik. Yah, bukan kesuburan sekarang, tapi mungkin suatu hari na nti... "Jadi saya harus mengembalikannya?"

Catena tampak terkejut. "Jika Anda percaya pada hal semacam itu, saya kira tidak ada salahnya. Jika mereka tidak melakukan apa pun, maka itu seharusnya tidak masalah."

Anemone berpikir sejenak. Mungkin mereka telah diletakkan di tempat yang salah, dan entah bagaimana bertanggung jawab atas kegugurannya di kamar mandi itu, pada malam pertamanya di sini.

"Ada lebih banyak hal di langit dan bumi daripada yang diimpikan dalam filosofi Anda," katanya lirih. Jika ada ritual yang dilakukan dengan buruk yang bertanggung jawab atas kematian anaknya, itu bukanlah sesuatu yang dia lakukan, atau berlebihan...

"Dari apa yang Anda katakan, sepertinya mereka seharusnya disembunyikan di dekat perapian, bukan di atap. Saya mungkin akan menaruhnya kembali di salah satu perapian, di atas cerobong asap. Mengingat mereka tidak melakukan hal yang baik di tempat mereka berada." Dan suatu hari nanti, jika dia cukup beruntung untuk memiliki seseorang yang datang ke dalam hidupnya yang mungkin mempertimbangkan untuk membangun sebuah keluarga bersamanya...

Anemone menggelengkan kepalanya. Tidak. Dia tidak bisa memikirkan hal itu sekarang. "Apa ada hal lain yang harus kulakukan? Kamu menyebutkan tanda pelindung?"

Catena tampak enggan untuk berbicara lebih banyak lagi. "Nah, di bangunan lain di mana sepatu dan barang-barang ditemukan, selalu ada lebih dari satu, di tempat yang berbeda. Dan tanda yang diukir atau dibakar di dinding dan pintu serta batu perapian. Seolah-olah orang-orang yang percaya pada hal-hal seperti itu berpikir bahwa semakin banyak perlindungan yang mereka miliki, semakin baik, bukan?"

Catena jelas tidak percaya pada hal-hal gaib, atau semua ini. Yah, dia masih muda, dan mungkin dia benar. Untung saja Dunstan datang menolongnya dan bukan Catena - tetangganya mungkin akan menganggapnya sebagai isapan jempol belaka. Sekali lagi, sulit untuk membantah keberadaan seseorang yang telah menyelamatkan nyawanya. Selain itu, Anemone lebih suka berpikiran terbuka.

Tanda perlindungan... dia pernah mendengar sesuatu tentang mereka yang bekerja hari ini. Seseorang di penjara juga mempercayainya. Jadi Anemone bukan satu-satunya... yang berarti mungkin saja ada penyihir di antara para koloni awal di Fremantle.

"Saya tahu hal itu pasti terjadi di penjara. Bangunan utama masih sangat asli, dengan sedikit coretan di dinding kecuali di mana para narapidana mendapat izin untuk membuat karya seni, pada hari-hari terakhir sebelum ditutup. Tidak ada satu pun bekas narapidana yang terlihat di blok sel utama, atau di pos jaga. Namun, tembok-temboknya memiliki cerita yang berbeda. Terutama tembok utara, yang runtuh akibat badai setahun setelah dibangun." Tembok itu juga merupakan tembok yang paling sering mengalami perbaikan. Aneh.

Dia mendongak dan mendapati Catena menatapnya. "Badai menghancurkan dinding batu kapur? Benarkah? Dinding itu pasti lebih tebal dari dinding tempat ini, dan hampir sama tingginya.

Untuk berpikir embusan angin bisa merobohk annya... wow. Hanya... wow. Itu pasti membuat ledakan yang dahsyat. Anda pasti mendengarnya sampai bermil-mil jauhnya."

Seperti langit-langitnya yang runtuh ke lantai. "Yah, mereka segera membangunnya kembali, karena itu adalah tembok penjara, dan mungkin sekarang lebih kuat daripada sebelumnya. Tentu saja, tidak ada yang bertahan selamanya. Tembok itu sudah waktunya untuk diperbaiki, runtuh di mana-mana. Jika Anda pernah menemukan seseorang yang memiliki pengalaman dengan dinding batu kapur era Victoria, atau kasau jarrah yang sudah berusia ratusan tahun, bisakah Anda memberikan nomor teleponnya? Sepertinya kebocoran yang meruntuhkan langit-langit saya terjadi di dinding, bukan di atap, jadi saya ingin mempekerjakannya terlebih dahulu, tetapi mereka juga menginginkan orang seperti itu di tempat kerja. Penjara mengajukan permohonan hibah untuk menutupi biaya, tetapi tidak mungkin mereka dapat mengeluarkan uang jika mereka tidak dapat menemukan seseorang yang mampu melakukan pekerjaan itu."

Catena dan neneknya telah tinggal di sini lebih lama dari dia. Jika mereka pernah melakukan pekerjaan perbaikan, pasti dia akan mengenal ses eorang...

Catena ragu-ragu. "Yah, saya kenal seseorang yang melakukan perbaikan pada dinding saya baru-baru ini. Saya akan melihat apakah dia tersedia. Namun, saya tidak tahu dari mana harus mulai mencari tukang kayu."

Anemone mengucapkan terima kasih, dan segera mendapati dirinya sendirian di dapur lagi.

Namun tidak untuk waktu yang lama.

# Tujuh Belas

"Jika Anda membutuhkan jasa tukang kayu, saya dengan senang hati akan membantu Anda."

Dia tidak akan pernah terbiasa dengan cara dia melangkah keluar dari dinding seperti itu. "Bukan hanya kau satu-satunya gargoyle yang pernah kutemui, tapi sekarang kau adalah seorang tukang kayu gargoyle? Tidak mungkin ada banyak orang seperti itu di dunia ini."

"Saya tidak mengenal gargoyle lain, tukang kayu atau yang lainnya, tapi saya jamin, saya tahu pekerjaan saya. Saya telah membuat lebih banyak kapal daripada yang bisa saya ingat, dan kasau Anda tidak ada bedanya dengan kapal yang terbalik.

Setelah saya selesai, kapal Anda akan kedap air seperti kapal perang raja mana pun."

Anemone harus tertawa mendengarnya. "Sang Ratu. Kami punya ratu, dan dia punya permaisuri, meski mungkin tidak lama lagi, mengingat usianya sudah lebih dari sembilan puluh tahun. Apakah kamu ingat siapa rajamu?"

Dunstan menatapnya. "Aku tidak punya raja. Hanya seorang ratu juga."

"Baiklah, saya kira itu mempersempit masalah. Hanya ratu yang mana? Victoria, Elizabeth... saya yakin ada Anne di antara mereka juga. Kemudian lagi, Anda memiliki aksen Skotlandia. Mungkin itu Mary Stuart. Itu akan menjelaskan mengapa Anda tidak tahu banyak tentang listrik..." Dia berhenti mengoceh ketika kerutan di alisnya semakin jelas terlihat. "Biar kutebak, kau juga tidak ingat itu?"

Dia mengangkat kedua tangannya tanda menyerah. "Saya mungkin tidak ingat nama ratu saya, tapi saya ingat bagaimana cara mengerjakan kayu. Hanya dengan membeli bahan yang tepat, dan saya akan memperbaiki atap Anda, lebih baik dari hari pertama kali dibangun."

Anemone menghela napas. Jika itu adalah Morgan, dia tidak akan membantah. Dia akan membiarkannya melakukannya, dan kemudian memanggil seorang profesional jika dia mengatakan bahwa dia tidak bisa melakukannya. Dia tidak tahu apa-apa tentang memperbaiki langit-langit, dan Morgan juga pernah membuat kapal. Setengahnya, karena dia tidak pernah menyelesaikannya. Tidak akan pernah, sekarang.

"Tidak akan ada pengadaan barang selarut ini. Mungkin besok, dan saya tidak akan tahu bahan apa yang tepat, jadi saya butuh bantuan Anda untuk pengadaan barangnya." Dia menatapnya. "Saya kira kita bisa memesan bahan-bahannya secara online dan mengirimkannya. Itu mungkin berhasil."

"Jika menurut Anda itu yang terbaik." Dia menundukkan kepalanya.

Morgan akan berargumen bahwa ia ingin memeriksa kayu tersebut terlebih dahulu, dan berbelanja secara langsung. Dunstan jelas merupakan jenis yang berbeda...oh.

"Anda tidak tahu apa artinya memesan barang secara online, bukan?" tanyanya.

Dia menggelengkan kepalanya, dengan tanduk dan sebagainya. "Saya tidak, tapi Anda sepertinya, dan jika ini adalah hal terbaik yang harus dilakukan, maka itulah yang akan kita lakukan."

Kepalanya terasa sakit hanya dengan memikirkannya. Dia tidak tahu apa yang dia lakukan, apalagi yang terbaik.

"Mari kita bahas itu nanti. Saya pikir saya sudah mendapatkan makanan penutup malam ini. Bagaimana menurutmu... profiteroles?" Dia membuka pintu lemari es dan mengintip ke dalam.

Dan di sana, di depan dan di tengah, adalah sepasang sepatu bayi, dengan dua kantong, seperti Putri Salju di dalam peti matinya yang dapat dilihat oleh semua orang. Untuk sesaat, Anemone lupa bernapas.

Dia harus mengeluarkan sepatu itu dari sini. Di suatu tempat di mana dia tidak perlu melihatnya.

Dia mengambil tas itu dan menoleh ke Dunstan. "Perubahan rencana. Catena bilang ini seharusnya diletakkan di bawah perapian, atau di cerobong asap di suatu tempat. Dengan begitu, mereka akan membawa keberuntungan dan kesuburan atau semacamnya. Dengan kemampuan sihirmu untuk berjalan menembus dinding, bisakah kamu menemukan tempat yang cocok untuk meletakkannya? Karena dengan semua kesialan yang saya alami tahun lalu, saya benar-benar membutuhkan barang-barang yang bagus."

Dia mengeluarkan sepatu-sepatu itu dari dalam tas. "Aku akan menemukan tempat yang sempurna untuk mereka." Kemudian dia dan sepatu-sepatu itu menghilang ke dalam dinding.

# Delapan Belas

Ada dua perapian di lantai ini, dan tidak ada api yang menyala di dalamnya, tetapi keduanya tidak terlihat seperti tempat yang tepat untuk jimat kesuburan. Jika ada perapian di dapur, di situlah tempatnya, karena di sanalah dia menghabiskan sebagian besar waktunya.

Kenangan samar-samar menggelitik bagian belakang pikirannya. Dia pernah melakukan ini sebelumnya, untuk orang lain. Namun, bukan sepatu yang sama, dan itu jelas merupakan perapian untuk memasak, di sebuah pondok gelap yang tidak memiliki jendela lebar dan lampu terang seperti di tempat ini.

Tidak, jika Anemone ingin jimat kesuburan menjadi efektif, jimat tersebut harus ditempatkan di kamar tidurnya, karena pasti di sanalah suaminya akan membawanya untuk mengandung seorang anak.

Ke sanalah dia akan membawanya. Dia membaringkannya di tempat tidur, rambut ikal pirangnya terbentang di atas bantal, matanya tertawa saat dia memohon padanya untuk bercinta dengannya saat dia mencium setiap inci tubuhnya, berulang-ulang, hingga dia tidak tahan lagi dengan permohonannya, dan dia memberikan apa yang dia inginkan. Apa yang dia inginkan juga, jauh di dalam dirinya, sayapnya melingkari dirinya untuk memosisikannya dengan tepat, sehingga dia meneriakkan namanya, tidak hanya sekali, tetapi berulang kali, saat dia menikmatinya dari senja hingga fajar.

Jika... dia belum menikah dengan pria lain.

Ketika suaminya kembali, Dunstan akan memintanya untuk mengusirnya kembali ke kegelapan dari mana ia datang. Dia tidak tahan melihat atau mendengar mereka bersama, melihat wajahnya berseri-seri dengan kebahagiaan saat dia melihat pria lain.

Seorang manusia, bukan monster.

Dia ingin suaminya bercinta dengannya, dan dia ingin monster itu menaruh jimat kesuburan ini di tempat yang mungkin bisa memberinya seorang anak untuk menggantikan anak yang hilang. Dan dia, monster yang penurut itu, akan mengabulkan keinginannya.

Ubin di perapian di kamar tidurnya direkatkan dengan kuat, sehingga tidak menyisakan ruang untuk menyembunyikan sepasang sepatu kecil ini. Cerobong asapnya, tentu saja, adalah masalah yang berbeda. Ada banyak sekali celah dan celah, sampai ke atas. Salah satunya bahkan ada kerangka tikus di sana, duduk di atas selembar kertas dengan tanda yang tidak dikenali Dunstan. Rajah penyihir, pikirnya.

Satu sudut tertentu adalah tentang ketinggian mata Anemone, jika dia berdiri di depan perapian. Ia membersihkan debu dan jelaga, lalu dengan hati-hati menaruh sepatunya di sana.

Mungkin mereka akan membawakan anak yang diinginkannya. Sejenak, dia berani membayangkan seorang gadis kecil, dengan rambut ikal keemasan Anemone, berlarian di sekitar rumah seperti angin puyuh kecil, badai yang menyapu semua yang ada di depannya, sampai ibunya memeluknya untuk dicium dan dipeluk, dengan wajahnya yang berseri-seri.

Dunstan berharap suatu hari nanti dia akan melihatnya, seperti yang dia bayangkan. Bahwa sepatu ini atau mantra yang dibacakan di atasnya atau keajaiban lain di dunia akan memberinya kebahagiaan yang ia dambakan.

Dia muncul dari balik dinding, dan mendapati sang istri sedang makan es krim di dapur. "Sudah selesai," katanya.

Dia menjatuhkan mangkuk es krim di bangku dan memeluknya. "Kamu luar biasa! Terima kasih banyak!"

Dunstan memejamkan matanya, dan sejenak, membiarkan dirinya menikmati kenikmatan tubuh lembut wanita itu di atas batu keras miliknya. Dia sangat merindukannya, lebih dari yang pernah dia rindukan pada wanita manapun. Jika saja dia mengucapkan kata, suami atau bukan suami, dia akan...

Anemone mundur, senyum berseri-seri masih terpancar di wajahnya. "Saya akan menawarkan es krim, tapi..."

"Gargoyle tidak membutuhkan makanan atau minuman," katanya dengan tegas. Atau keintiman, atau cinta...

Dia mungkin terbuat dari batu, tapi itu tidak menghentikannya untuk menginginkan hal-hal yang tidak bisa dia miliki.

"Baiklah. Jadi, bagaimana kalau saya menyalakan laptop saya dan kita bisa berbelanja barang-barang plafon? Bunnings mungkin sudah tutup, tapi mereka memiliki situs web yang cukup bagus..."

Meskipun dia tidak mengerti sebagian besar dari itu, Dunstan masih mendapati dirinya mengangguk-angguk. Apa pun yang membuatnya bahagia, dia akan memberikannya, tanpa pertanyaan.

Untung saja dia tidak membutuhkan hati batunya.

# Sembilan Belas

Dunstan dan belanja online jelas tidak cocok satu sama lain, jadi Anemone menutup laptopnya dan pergi tidur, khawatir tentang apa yang akan terjadi jika dia membawa gargoyle ke toko perangkat keras. Mungkin akan lebih mudah untuk mencoba mencari orang lain untuk melakukan pekerjaan itu.

Seseorang tanpa tanduk dan sayap...

Tetapi pekerjaan membuatnya terlalu sibuk keesokan harinya untuk melakukan panggilan telepon, dan tak lama kemudian ia mendapati dirinya pulang ke rumah, menyipitkan mata ke arah sinar matahari terbenam yang mulai redup, hingga tumitnya berdecit di atas ubin hijau yang sejuk di foyer, dan ia dapat menutup diri sejenak dari dunia luar.

"Saya punya daftar alat dan bahan yang saya perlukan," Dunstan menyapanya sambil menjatuhkan kuncinya ke dalam mangkuk di samping pintu depan. Dia mengulurkan selembar kertas yang dilapisi lempengan tembaga yang rapi.

Jika kertas itu tidak robek dari kertas daftar belanjaannya di lemari es, kertas itu akan sangat cocok dengan beberapa catatan awal di penjara. Mungkin nama ratunya adalah Victoria, atau mungkin saat itulah dia belajar menulis.

Untuk semua kerapian tulisan tangannya, daftar itu tidak banyak berarti baginya. Dia harus datang ke Bunnings, suka atau tidak suka. Jika ada yang mengomentari sayap atau tanduknya... mereka hanya perlu mengatakan bahwa dia adalah seorang cosplayer, yang sedang mencoba kostum baru sebelum konvensi berikutnya.

Dia menatapnya dari atas ke bawah. Dia sudah lama tidak menghadiri konvensi, tetapi dia pun ingin berfoto dengan seseorang secantik Dunstan. Kecuali celana itu.

"Kamu tidak bisa memakai itu. Mereka sudah ketinggalan zaman selama lebih dari dua puluh tahun. Kamu juga butuh sepatu. Morgan mungkin punya sesuatu yang cocok untukmu..." Dia memberi isyarat agar Dunstan mengikutinya ke kamar tidurnya.

Semua pakaian Morgan masih berada di tempat yang sama seperti saat dia meninggalkannya, di dalam lemari dan laci-laci yang mereka bawa dari rumah sebelumnya. Meskipun dia tahu dalam hatinya dia tidak akan kembali, dia masih tidak bisa menyingkirkannya. Sentimentalitas yang konyol, dia berkata pada dirinya sendiri setiap kali dia mengatakan akan memberikan barang-barangnya, tetapi setiap kali dia menolak sebelum benar-benar mengeluarkan apa pun.

Dan sekarang, sentimentalitasnya tidak tampak begitu konyol, jika hal itu bisa membantu Dunstan memperbaiki langit-langitnya.

"Kemeja dan celana ada di sana, dan sepatu seharusnya ada di rak di bawahnya. Kaus kaki ada di sana, dan apa pun yang Anda butuhkan seharusnya ada di laci-laci itu atau di lemari pakaian itu," kata Anemone sambil menunjuk ke masing-masing laci. Dia menelan ludah. "Aku tidak tahu bagaimana kamu akan mengenakan baju di atas tanduk dan sayap, tapi semakin mirip kamu dengan manusia normal, semakin mudah."

"Saya mengerti."

Kemudian dia membungkuk, dan Anemone tidak menyadari apa yang dia lakukan sampai tiba-tiba celananya meluncur ke bagian belakang yang paling sempurna yang pernah dilihatnya da n...

"Aku akan menunggu di luar, oke?" Dia tidak menunggu jawaban.

Di luar pintu, dia membenamkan wajahnya ke dalam kedua tangannya. Tidak pernah dalam sejuta tahun ia mengira pria itu akan melakukan aksi komando di balik celana itu. Setidaknya dia membelakanginya, atau dia akan mendapatkan pandangan mata gargoyle.

Setelah apa yang terasa seperti selamanya, tetapi cukup lama untuk membuat pipinya yang terbakar menjadi dingin, Dunstan berdeham. "Apakah ini sudah memenuhi kepuasan Anda?"

Anemone menarik napas dalam-dalam dan memasuki kamar tidurnya. Nafasnya tertahan di tenggorokannya. Untuk sesaat, bisa saja Morgan yang berdiri di sana, hantu yang hidup kembali, sampai dia berbalik menghadapnya. Kemudian, mulutnya menjadi kering seperti pantai di musim panas. Sementara bagian lain yang lebih jauh ke selatan berubah menjadi lembab...

Morgan tidak pernah terlihat sebagus itu dengan celana chino yang pas dan kemeja berkancing. Pakaiannya selalu menggantung di tubuhnya yang kurus, tetapi otot-otot Dunstan mengisi semuanya dengan sempurna. Dia seperti keluar dari katalog pakaian pria.

"Sepatunya terlalu besar. Saya mengambil beberapa pasang kaus kaki ekstra, yang membantu," katanya.

Dia membiarkan pandangannya melayang ke bawah, memaksa dirinya untuk melihat sepatunya. "Sepatu itu terlihat bagus untukku."

Dunstan menyeringai. "Pakaian ini sangat bagus, begitu juga dengan sepatunya. Lebih halus dari yang biasa saya pakai. Saya akan berhati-hati agar tidak merusaknya. Saya tidak berani mengancingkan manset, tapi jika Anda mengizinkan, saya bisa menggulung lengan bajunya..."

Ia mendemonstrasikan, memperlihatkan otot-ototnya lagi.

Jika dia terus melakukan ini lebih lama lagi, celana dalamnya akan terbakar. Atau meleleh. Atau sesuatu.

"Kamu sangat baik," gumamnya, lalu bertepuk tangan ke mulutnya, berharap pria itu tidak mendengarnya.

Mungkin tidak, karena dia berpaling untuk mengamati bayangannya.

Saat itulah ia tersadar.

"Sayapmu... sayapmu. Apa yang terjadi dengan sayapmu?" dia tersentak.

Dia berbalik, dan dia menyadari bahwa bukan hanya itu yang hilang.

"Dan tandukmu?"

"Kamu bilang kamu ingin aku terlihat seperti manusia normal. Seperti inilah penampilan para pria di zaman Anda, saat mereka bergegas di sepanjang jalan di luar. Anda tidak ingin rekan belanja Anda terlihat seperti monster, jadi, saya seperti yang Anda lihat." Dia melambaikan tangan ke arah wujudnya yang lebih biasa.

"Kamu bisa melakukan itu? Berubah bentuk seperti itu?"

"Saya dapat mengambil bentuk apa pun yang Anda inginkan, untuk melindungi Anda dengan lebih baik," katanya.

Ia memperhatikannya lebih lama. Dia masih memiliki otot-otot yang sama di mana-mana, tetapi tanpa tanduk dan sayap dan ekor, dia terli hat... lebih kecil, entah bagaimana. Sama datarnya dengan majalah yang dimiliki pria ini.

Tapi dia akan berbaur dengan baik di Bunnings, dan itulah yang dia inginkan saat ini.

"Baiklah, kalau begitu kita pergi?" tanyanya.

# Dua Puluh

Anemone terdiam sepanjang jalan menuju toko, dan mungkin akan tetap diam sepanjang malam, jika dia mau, karena ada sesuatu yang mengganggunya. Dia bahkan hampir tidak mau menatapnya.

Dunstan menduga dia tahu apa masalahnya, dan, konsekuensi dan perasaannya sendiri, dia harus memastikannya.

Jadi ketika mereka meninggalkan gudang, dengan mobilnya yang penuh dengan semua barang yang dia butuhkan untuk melakukan perbaikan di rumahnya, dia bertanya, "Maukah Anda memberi tahu saya tentang pria yang pakaiannya saya kenakan?"

Dia menatapnya sejenak, lalu mengalihkan pandangannya kembali ke jalan. "Maksudmu Morgan? Suamiku? Kami bertemu di klub kapal pesiar saat saya sedang mengerjakan PhD, meneliti korosi pada kapal. Dia mengajari saya berlayar, dan mengizinkan saya bereksperimen di kapalnya. Yah, salah satunya. Dia tinggal di atas sebuah kapal penyewaan nelayan tua ketika saya bertemu dengannya. Saya pikir dia menghabiskan lebih banyak waktu di air daripada di darat. Sebenarnya, saya pikir dia lebih mencintai laut daripada saya, atau siapa pun, sungguh. Aku mengerti. Maksud saya, tidak ada yang bisa menyaingi lautan, dan saya bisa menyukainya tepat di sampingnya. Itulah mengapa kami memilih apartemen ini. Dekat dengan klub kapal pesiar dan lautan, dan Anda bisa melihat air dari jendela... atau berjalan kaki ke kapal. Tempat ini juga dekat dengan pekerjaan saya, dan dia terpesona dengan hal-hal yang ditemukan oleh para arkeolog maritim. Perahu bersejarah.. . dia ingin membangunnya, Anda tahu, sebuah replika yang sempurna yang dapat kami gunakan untuk berlayar keliling dunia suatu hari nanti, atau setidaknya ke suatu tempat. Dia sudah memulainya, tapi tidak pernah menyelesaikannya." Dia menghela napas. "Saya kira dia tidak akan pernah menyelesaikannya, sekarang."

Dia tidak berbicara tentang cinta, atau gairah mereka. Mungkin mereka telah menikah cukup lama sehingga kehilangan rona cinta pertama.

"Apakah dia sering berada di laut?" Dunstan bertanya. Pelayaran yang jauh akan menjelaskan ketidakhadirannya sekarang.

Dia menggelengkan kepalanya. "Hanya itu saja. Dia tidak pernah pergi lama-lama, dan dia selalu ingin saya ikut bersamanya, tidak tinggal di belakang. Nah, ketika dia tidak sedang mengambil sewa kapal, atau memberikan pelajaran berlayar kepada seseorang. Jadi ketika dia tidak ke mbali... saya tahu ada sesuatu yang salah. Saya masih berpikir bahwa itu adalah kapal Janus, yang tidak pernah diperbaiki dengan baik, dan selalu membutuhkan lebih banyak cat. Orang-orang lain mengatakan bahwa ombak besar menghantam mereka dan membalikkan perahu, tapi Morgan tidak akan pernah membiarkan hal itu terjadi. Dia mengenal lautan lebih baik dari siapa pun. Dia tidak akan membiarkan hal itu terjadi..."

Dia memahami alasan seorang wanita yang menyangkal. Seorang wanita yang percaya bahwa suaminya akan kembali, dan menepati janji apapun yang telah dibuatnya, ketika waktu dan gelombang tidak lagi menunggu seorang pria... atau wanita. "Jadi, suamimu telah meninggalkanmu?"

Untuk pertama kalinya, ia berani berharap.

Anemon mengerutkan kening. "Ya. Dan.. . tidak. Morgan tidak akan pernah meninggalkanku dengan sukarela. Kami bahagia, dan merencanakan... segala macam hal untuk masa depan. Lebih dari segalanya, dia ingin punya anak, agar dia bisa mengajari mereka berlayar, dan mencintai air seperti dirinya. Seperti yang kami lakukan, atau setidaknya sebelumnya..." Dia menggelengkan kepalanya. "Sebagian dari diri saya ingin percaya bahwa dia masih ada di luar sana, bahwa dia masih hidup dan suatu hari nanti dia akan kembali kepada saya. Mungkin itu sebabnya saya masih menyimpan semua barangnya, untuk berjaga-jaga, meskipun saya tahu dia tidak akan kembali. Petugas koroner bahkan menyatakan dia sudah meninggal, hilang di laut. Dia tidak akan melakukan hal itu kecuali dia yakin. Tapi tidak ada yang pernah menemukan perahu, atau mayatnya.

Semua orang lain di kapal diselamatkan. Hanya saja... bukan dia..."

Seorang janda. Harapannya membumbung tinggi, sementara hatinya hancur. Dia sudah mengenal terlalu banyak istri yang ditinggal mati suaminya di laut. Melihat cara mereka menatap air, seolah-olah berharap air akan mengembalikan pria yang mereka cintai. Ayah dari anak-anak mereka.

"Saya turut berduka cita. Belasungkawa terdalam saya atas kehilangan Anda. Kehilangan suami Anda di laut adalah hal yang mengerikan."

Anemone terisak, lalu menghapus air matanya dengan satu tangan, lalu tangan yang lain, tidak pernah mengalihkan pandangannya dari jalan di depannya. Bahkan langit pun ikut menangis. "Terima kasih, kurasa. Anda pasti berpikir saya sangat konyol, seorang janda yang menangis, meskipun dia sudah pergi hampir setahun. Dan tidak peduli seberapa besar aku berharap dia kembali, dia tidak akan kembali. Dia tidak akan kembali."

Dunstan mengulurkan tangan dan meletakkan tangan di lengannya. "Tidak ada yang bodoh dengan berkabung atas kehilangan orang yang kita cintai. Jika saya dapat mengingat salah satu dari keluarga saya, saya yakin saya akan berduka juga." Sebuah kenangan yang samar, rasa sakit karena kehilangan, meremas hatinya untuk sesaat, lalu hilang. Dia telah mencintai dan kehilangan, tetapi siapa, dia tidak bisa mengatakannya.

Waktu yang sangat lama berlalu dalam keheningan, atau mungkin hanya sesaat, tetapi hal berikutnya yang ia tahu, Anemone berkata, "Benar, kita sudah sampai. Aku akan menyalakan lampu halaman, dan kita bisa membawa semuanya ke dalam. Saya harus mencari tarif standar untuk pertukangan atap, jadi saya bisa membayar Anda secara adil untuk pekerjaan Anda. Ini adalah rumah Anda juga, dan mungkin sudah lebih lama dari saya, tapi ini adalah atap saya, jadi saya membayar untuk pekerjaan ini."

Dia sepertinya mengharapkannya untuk berdebat, tapi Dunstan terlalu banyak pikiran untuk melakukan hal seperti itu. Pertama, dia akan memperbaiki langit-langit rumahnya, seperti yang telah dia janjikan, dan kemudian... mungkin dia akan membungkam pikirannya bahwa dia bukan seorang wanita yang menikah dengan bahagia, tetapi seorang janda.

# Dua Puluh Satu

Ketika suara palu dan gergaji mulai terdengar, Anemone meletakkan tehnya dan berjalan ke kamar mandi untuk mengintip. Ia menatap lebih lama, kemudian langsung menatap.

Dunstan bahkan tidak menyadarinya, ia begitu fokus pada pekerjaannya.

Serbuk gergaji menutupi tubuhnya dari ujung kepala hingga ujung kaki, mengubah kulitnya menjadi emas, karena ia telah berganti pakaian dengan celana lamanya, dan kemeja serta sepatunya tidak terlihat lagi. Ekornya melilit potongan kayu yang sedang ia bentuk, sementara sayapnya mengipasi serbuk gergaji menjauh darinya.

Dia adalah sebuah visi dalam perunggu yang dipoles, atau dia akan seperti itu jika dia diam.

Mulutnya terlalu kering. Serbuk gergaji, itu pasti penyebabnya. Kecuali bagian lain dari dirinya yang sama sekali tidak kering, dan tidak ada serbuk gergaji yang bisa membuatnya bergairah.

Dia berhasil mengalihkan pandangannya dari pria itu, hanya untuk berakhir dengan berjongkok di lorong di luar, terengah-engah.

Dia bernafsu mengejar seekor monster. Monster yang sebenarnya, monster yang jujur kepada Tuhan. Dengan tanduk. Anemone membenamkan wajahnya di tangannya.

Apa yang akan dipikirkan Morgan jika dia tahu? Apa yang akan dia katakan?

Air matanya menetes, tetapi hanya sedikit, dan kemudian matanya sekering mulutnya. Morgan telah tiada, dan tidak ada tangisan atau ingatannya yang bisa membawanya kembali. Jika Morgan ada di sini, dia akan memperbaiki langit-langit, dan Dunstan tidak akan melakukannya.

Jadi bagaimana jika dia bernafsu pada Dunstan? Dia seksi, dan bahwa dia bisa mengakui hal itu tanpa merasa bersalah berarti mungkin dia telah pindah ke tahap berkabung yang berbeda. Penerimaan, mungkin, atau apapun itu.

Di mana pun Morgan berada, jika dia ada di mana pun, dia akan bangga padanya, menjaga dirinya sendiri setelah dia pergi.

Anemone memaksakan diri untuk berdiri. Dia tidak perlu merasa malu. Yah, mungkin melirik gargoyle yang begitu baik padanya...

Anemone berdeham. Ketika Dunstan menoleh ke arahnya, alisnya terangkat, dia berkata, "Terima kasih telah melakukan ini. Kita tidak pernah membicarakan pembayaran, tapi tentu saja saya akan membayarmu berapapun bayarannya."

Senyum mengembang di wajahnya, pelan dan seksi dan...

Celana dalamnya tidak meleleh. Celana itu meleleh, langsung berubah dari padat ke udara tipis, menguap dalam panasnya tatapannya.

"Oh, hanya satu hal yang saya inginkan sebagai bayarannya," katanya.

Mulutnya seharusnya tidak terlalu kering. Seharusnya tidak. "Dan apa... apa itu?" dia berhasil mengatakannya.

Seringai lain yang akan menghancurkan pakaian dalamnya lagi, jika belum terlambat. "Saya pikir Anda tahu."

Dia menelan ludah. "Benarkah?" Dia terdengar begitu terengah-engah, begitu membutuhkan, begitu ....

Jadi bantu dia. Jika dia meminta, dia akan memberikannya.

"Saya ingin Anda mempercayai saya untuk menyelesaikan perahu Anda." Dia menundukkan kepalanya. "Jika saya menyelesaikannya sesuai dengan keinginan Anda, saya ingin melihat perahu mendiang suami Anda, jadi saya bisa menunjukkan kepada Anda apa yang bisa saya lakukan."

Perahu? Dia ingin melihat *Sloepie*? "Tentu saja." Ia berdehem, berharap suaranya terdengar normal. "Tentu saja." Itu lebih baik. "Setelah selesai di sini, saya ingin menunjukkan proyek hewan peliharaan Morgan. Jika kamu tahu sesuatu tentang kapal penangkap ikan di Laut Utara dan bisa menyelesaikannya, itu akan luar biasa."

Dan jauh lebih masuk akal daripada beberapa hal yang selama ini dia pikirkan. Tentu saja dia lebih tertarik pada perahu itu daripada dirinya. Semua pria sama saja dalam hal proyek yang mereka sukai.

"Kalau begitu, saya akan pergi tidur dulu, ya?" katanya.

"Tidur yang nyenyak dan mimpi indah. Aku akan terus bekerja. Gargoyle tidak butuh tidur." Dia mengambil gergaji lagi dan kembali bekerja.

# Dua Puluh Dua

Anemone berbaring di tempat tidur, tetapi tidur tidak kunjung datang. Meskipun dia tidak bisa mendengar Dunstan bekerja di lantai atas, dia tidak bisa berhenti memikirkannya. Tidak bisa mengeluarkan bayangan itu dari kepalanya, dengan semua otot keemasan itu...

Dia tidak dapat menyangkal bahwa pria itu.. . tidak, gargoyle itu... pandai menggunakan tangannya. Jika dia bisa mengolah tubuh wanita sebaik dia mengolah kayu... oh, membayangkan tangannya menyentuh wanita itu...

Tangannya tersesat ke selatan. Nah, mengapa dia tidak menjaga dirinya sendiri? Dia tidak ingat kapan terakhir kali dia melakukan hal ini, dan sepertinya Dunstan atau siapapun tidak akan mendengarnya. Ia mungkin seorang janda, tapi ia tetaplah seorang wanita yang memiliki darah dan daging, dan ia berhak untuk menikmati hidupnya.

Dan jika dia membayangkan itu adalah tangannya, bukan tangannya sendiri... apa yang salah dengan hal itu? Itu tidak seperti dia akan pernah tahu.

Meskipun tatapan matanya yang penuh pengetahuan saat dia mengatakan bahwa dia tahu apa yang dia inginkan darinya... dia basah kuyup hanya dengan memikirkannya.

Dia akan menatapnya seperti itu saat tangannya meluncur ke bawah perutnya, melepaskan celana dalamnya, sebelum menyelipkan jari ke dalamnya, untuk memastikan seberapa basah dia.

Tentu saja, jari-jari pria itu lebih tebal daripada jari-jarinya, dan lebih panjang juga, jadi dia membutuhkan dua jari untuk memperkirakan perasaan salah satu jari pria itu di dalam tubuhnya.

Dia memejamkan matanya.

Tidak, dia ingin wanita itu menatapnya. Dia akan memerintahkannya untuk menatapnya, dan ketika dia mematuhinya, dia akan menghadiahinya, meletakkan ibu jarinya dengan kuat pada kumpulan saraf kecil itu, berputar-putar, berputar-putar, lebih cepat dan lebih cepat...

Sampai dia berteriak kegirangan.

Tapi Dunstan, dengan matanya yang jeli dan tangannya yang terampil, tidak akan pernah berhenti pada satu orgasme. Tidak, dia ingin memuaskannya lagi dan lagi...dan bukan hanya dengan tangannya.

# DUA PULUH TIGA

"Dunstan!" Teriakan putus asa wanita itu sampai ke telinganya dengan jelas, seolah-olah wanita itu berada di sampingnya. Hanya butuh beberapa saat baginya untuk menyelinap melalui dinding ke tempat wanita itu berada.

Ke tempat ia terbaring di tempat tidurnya, tangannya di antara kedua kakinya, dan ekspresi kegembiraan yang luar biasa di wajahnya.

Dia tidak membutuhkan bantuannya. Dia... d ia...

Dia telah melakukan bagiannya untuk menyenangkan wanita di masa lalu, tetapi dia belum pernah melihat seorang wanita melakukan hal seperti itu pada dirinya sendiri. Dan dia yakin dia tidak pernah melihat sesuatu yang erotis seperti Anemone yang memberikan kenikmatan pada dirinya sendiri.

Dunstan ingin sekali melangkah keluar dari tembok, bergabung dengannya, mengganti tangannya dengan tangannya sendiri, mendengar namanya di bibirnya lagi...

"Oh, Dunstan!" Dia bergidik saat orgasme mencengkeramnya.

Tunggu, apa? Apakah dia membayangkannya, atau dia memanggilnya?

Dia bernapas begitu keras, payudaranya terangkat di balik gaun tidurnya yang tipis.

Dia tidak bisa bergerak. Seolah-olah pemandangannya telah mengubahnya menjadi batu, tanpa membutuhkan sinar matahari.

Mulia. Dewi. Malaikat. Tak tertahankan. Paragon.

Tolonglah.

Dia bahkan tidak bisa berpikir dalam kalimat lagi. Hanya kata-kata untuk menggambarkan kesempurnaan yang ada di hadapannya. Dia hanya perlu mengucapkan kata itu, dan dia akan melakukan apa pun yang dia minta. Pelindungnya. Kekasihnya. Apa pun dan semua yang dia inginkan. Diinginkan. Dituntut...

"Dunstan, oh, Dunstan!" Suaranya berakhir dengan isak tangis, saat dia menarik tangannya, licin dengan esensinya. Dia berbaring di sana sejenak, mengambil satu tarikan napas panjang yang menggigil, sebelum dia melepaskannya, dan seluruh tubuhnya menjadi rileks.

Dia bangkit dari tempat tidur, dewi nakal itu pergi, saat dia melangkah ke kamar mandi untuk mencuci tangannya. Beberapa saat kemudian, ia kembali ke tempat tidur, meringkuk di bawah selimut, rambut ikal pirangnya berserakan di atas bantal.

Dan sementara dia ingin sekali bergabung dengannya dengan intensitas yang tidak bisa dia hilangkan, di belakang pikirannya ada satu pikiran yang mengerikan: meskipun dia telah meneriakkan namanya, dia tidak membutuhkan bantuannya untuk semua itu. Dia sama sekali tidak membutuhkannya.

Butuh waktu lama sebelum Dunstan dapat bergerak lagi, dan bahkan lebih lama lagi sebelum dia dapat mengalihkan pandangannya dari bentuk tidurnya. Beberapa waktu berlalu sebelum dia dapat kembali ke kamar mandi untuk menyelesaikan tugas yang diberikan wanita itu, tetapi dia tahu jika dia hidup selama satu abad, dia tidak akan pernah melupakan raut kebahagiaan di wajah wanita itu ketika dia menghembuskan namanya seperti doa ke surga.

# Dua Puluh Empat

Keesokan paginya, Anemone tertidur karena mendengar alarmnya - sesuatu yang tidak pernah ia lakukan - dan ia bahkan tidak punya waktu untuk sarapan sebelum ia harus berangkat kerja. Kemudian, ketika dia tiba, dia disambut oleh berita gembira bahwa istri Luke, Bella, telah melahirkan, tiga minggu lebih awal, dan dia mengambil cuti sebagai ayah mulai hari ini, jadi alih-alih hanya menjadi penasihat untuk beberapa pekerjaan konservasi logam di sekitar penjara, dia telah dipromosikan menjadi manajer proyek, mempekerjakan dan mengawasi para kontraktor.

Kemudian dia menemukan bahwa tahap selanjutnya dalam proyek Komisariat telah dimulai lebih awal, dan karena Luke adalah pemimpin dalam proyek itu, seseorang telah menyelipkan portofolio itu bersama portofolio lainnya di mejanya dan para arkeolog sangat ingin mendiskusikan beberapa hal yang tidak biasa yang telah mereka temukan di bawah perapian di dapur tua...

Hari sudah gelap ketika ia berjalan dengan susah payah ke rumah, lampu-lampu antik di foyer memancarkan cahaya berasap di atas ubin untuk menariknya menaiki tangga menuju tempat perlindungannya. Satu-satunya tempat di mana tidak ada orang yang akan menuntut apa pun darinya, karena dia tinggal sendirian.

Hanya saja... dia tidak lagi, bukan?

Lucky menyambutnya di depan pintu, berkicau dan melingkari kakinya saat ia menggiring Anemone menuju dapur dan mangkuk makanannya.

Bergulat dengan kantong makanan kucing yang mudah dibuka membutuhkan waktu yang lama, belum lagi menumpahkan sebagian saus ke tangannya, diikuti dengan mencuci tangan untuk menghilangkan bau amis dari jari-jarinya. Setelah selesai, Anemone hanya ingin merebahkan diri di sofa dengan sebungkus Tim Tams, dan tidak mau repot-repot lagi makan malam.

"Apakah Anda ingin memeriksa kamar mandi, untuk melihat apakah saya telah melakukan pekerjaan sesuai dengan keinginan Anda?"

Dia berbalik menghadapnya. "Kau sudah selesai?"

Dia menundukkan kepalanya. "Saya bekerja sepanjang malam, lalu naik ke jendela untuk mencegah sinar matahari masuk, sehingga saya bisa terus bekerja sepanjang hari. Saya menyapu serbuk gergaji sambil menunggu Anda pulang, meskipun Anda harus memberi tahu saya di mana menaruhnya. Sepertinya Anda tidak memiliki tempat sampah, dan karena jamban Anda tampaknya penuh dengan air, saya tidak tahu..."

Anemone bergidik ngeri membayangkan harus memanggil tukang ledeng untuk mengatasi toilet yang tersumbat serbuk gergaji. Dia tidak ingin ada hal lain yang salah dengan rumahnya. "Aku akan membawanya ke tempat sampah di belakang," katanya, mengikutinya ke lantai atas.

Langit-langitnya tampak seperti baru. Lebih baik, mungkin, karena dia tidak ingat seperti apa bentuknya sebelumnya. Namun, bak mandinya masih penuh dengan puing-puing dan sekarang, serbuk gergaji. Tidak akan ada lagi mandi yang lama dan mewah sampai dia membereskan kekacauan itu. Anemon menghela napas.

Dia pasti sudah mendengarnya. "Jika Anda menunjukkan kepada saya di mana harus membuang semua ini, saya akan melakukannya malam ini, setelah Anda tidur."

Hal itu tidak membuatnya merasa bersalah. Bagaimanapun juga, itu adalah kamar mandinya. Tentunya dia yang harus membersihkannya. "Jika Anda yakin..."

Dia menganggguk dengan penuh semangat. "Tentu saja. Saya ingin Anda melihat seberapa baik saya bekerja, sehingga Anda akan mempercayai saya dengan perahu suami Anda."

Ah, tentu saja. Dia sudah lupa tentang itu. "Langit-langitnya terlihat bagus, tetapi Anda mungkin harus melihat kapalnya sebelum Anda setuju untuk melakukan apa pun dengannya. Kapal ini merupakan replika kapal laut Eropa pertama yang dibangun di pantai Australia. Museum menerima kabar tentang beberapa dokumen yang ditemukan beberapa tahun yang lalu, yang merinci pembangunan kapal tersebut, dan ketika saya memberi tahu Morgan tentang hal itu, dia ingin tahu semuanya. Rupanya, salah satu leluhurnya yang membuat kapal aslinya, dan dia selalu terpesona dengan replika *Endeavour* dan *Duyfke n*..." Sial, dia mengoceh lagi. "Bagaimana kalau kita berjalan-jalan ke klub kapal pesiar agar Anda bisa melihat kondisi kapal itu? Aku akan membeli beberapa ikan dan keripik untuk makan malam dalam perjalanan pulang."

Dia tersenyum. "Anda ingin berjalan-jalan dengan saya?"

Dia berkedip. Itu adalah cara kuno untuk mengatakan kencan, bukan? Seperti kencan Elizabeth dan Darcy. "Tentu. Itu pasti lebih aman daripada keluar malam sendirian."

"Jangan khawatir, Anemon. Aku akan melindungimu."

Dia mempercayainya.

# Dua Puluh Lima

Anemon menarik kembali terpal biru yang menutupi perahu. "Nah, ini dia." Dia tidak terkesan dengan lambung kapal yang setengah jadi itu.

Mungkin dalam cahaya yang redup, ia tidak dapat melihatnya sejelas Dunstan. Itu adalah sebuah kapal kecil, dengan panjang sekitar dua puluh meter, bukan kapal nelayan yang hanya berisi satu orang, seperti yang dia duga. "Berapa banyak orang yang menumpang kapal itu?" tanyanya.

Anemone mengernyitkan hidungnya, sesuatu yang ia lakukan saat berpikir. "Eh, saya pikir ada sekitar seratus orang yang selamat. Morgan terus mengatakan ada dek dan kabin serta bendera, tapi dia tidak bisa membangunnya sampai dia menyelesaikan lambung kapal dan memasukkannya ke dalam air. Itulah cara yang dilakukan leluhurnya, dan dia berniat melakukan semuanya dengan cara yang sama, sebisa mungkin."

Dunstan menganggguk. Kapal sebesar ini bisa memuat banyak orang dengan perbekalan. Jika mendiang suaminya telah selesai membangunnya, dan memasangnya dengan benar, kapal ini tidak akan terlihat aneh di pelabuhan mana pun yang pernah dikunjungi Dunstan. Di sini, di tengah-tengah kapal-kapal modern yang ramping yang disebut Anemone sebagai kapal pesiar, kapal ini merupakan sepotong realitas yang hangat di tengah lautan logam yang bersinar dan lambung kapal yang putih mengilap. Dari sekitar seratus kapal yang berlabuh di teluk yang terlindung ini, hanya satu kapal yang tidak berkilau putih.

"Saya bisa menyelesaikan kapal ini untuk Anda. Buatlah kapal ini layak laut, jika Anda memiliki rencana dan kayu untuk melakukannya. Namun, ini akan memakan waktu lebih dari satu malam. Mungkin berminggu-minggu, karena balok-baloknya harus dibentuk dan dibengkokkan, dan semua hal lain yang harus dilakukan untuk membuatnya kedap air..." Dunstan menarik napas dalam-dalam. "Aku bahkan bisa mengajakmu berlayar di dalamnya ketika sudah selesai."

Anemone tertawa. "Kamu terdengar seperti Morgan, mendiang suamiku. Lebih tepatnya aku akan mengajakmu berlayar. Aku tak percaya kau punya tiket nakhoda, sementara aku punya. Aku membutuhkannya untuk bekerja, meskipun aku tidak sering menggunakannya lagi."

Seorang kapten kapal wanita. Dia belum pernah bertemu dengan seorang pun, meskipun dia pernah mendengar bahwa mereka ada. Bajak laut, kebanyakan, bukan wanita terhormat seperti Anemone. Namun... dia tidak menentang ide itu.

"Saya akan senang sekali berlayar bersama Anda, kapan pun malamnya," katanya.

Dia menatapnya sejenak, lalu berkata, "Anda tahu, saya belum pernah berlayar sejak sebelum Morgan meninggal. Dan setelah itu, saya tidak mau. Tapi sekarang... berlayar di senja hari terdengar indah. Biar kuperiksa ramalan cuaca. Ketika ada malam yang cerah."

"Bahkan ketika sudah jadi, kapal sebesar ini akan membutuhkan kru yang lebih besar daripada kami berdua," ia memulai.

Anemone tertawa. "Oh, saya tidak akan percaya kapal ini layak laut sampai saya melihatnya benar-benar mengambang di air, selesai."

Dunstan bangkit berdiri. "Jika Anda mengizinkan saya untuk melakukan pekerjaan ini, saya akan menyelesaikannya, demi kehormatan saya. Bahkan jika saya harus membongkar dan merakitnya kembali, papan demi papan, kapal suami Anda akan sama bagusnya dengan kapal dagang mana pun yang pernah mengarungi perairan ini, atau yang lainnya. Beri aku waktu satu bulan, dan kamu akan mendapatkan kapalmu."

Dia memiringkan kepalanya ke samping. "Aku menariknya kembali. Sekarang Anda sama sekali tidak terdengar seperti Morgan. Saya pikir dia lebih menikmati proses pembuatan kapal ini daripada memikirkan kapal ini akan selesai dan berlayar. Ini adalah tentang proyek, dan pembuatannya, berjalan di atas sepatu nenek moyangnya. Perjalanannya lebih dari sekadar tujuannya. Anda adalah orang yang sangat berbeda."

"Saya juga senang dengan pekerjaan saya, atau setidaknya, pekerjaan yang diselesaikan dengan baik. Namun, ketika Anda telah membuat selusin kapal seperti itu, yang saya lakukan sebelum menyelesaikan masa magang saya, apalagi mencapai penguasaan keahlian saya, ada lebih banyak kesenangan dalam menyelesaikan suatu pekerjaan, dan mengetahui bahwa pekerjaan itu telah diselesaikan dengan baik, karena masih banyak pekerjaan lain yang menunggu. Sekarang, kemenangan yang sesungguhnya adalah ketika Anda dipaksa untuk memperbaiki sebuah kapal di tengah badai ketika sedang berada di laut, bekerja dengan tergesa-gesa untuk menyelamatkan semua jiwa yang ada di dalamnya, serta jiwa Anda sendiri, agar kapal tersebut tidak tenggelam. Orang yang tidak sigap dan yakin pada saat seperti itu akan mati pada pelayaran pertamanya, tidak akan berkeliling dunia, seperti yang saya lakukan." Dia tahu bahwa setiap kata-katanya benar, namun dia tidak memiliki ingatan tentang satu pun tempat yang pernah dikunjunginya. Tidak peduli seberapa keras ia berusaha, pikirannya tetap saja kosong tentang masa lalunya.

Dia tampaknya tidak menyadari gangguannya, karena perhatiannya sendiri tertuju pada layar kecil yang dia pegang di tangannya. Sebuah telepon, katanya, meskipun dia masih tidak mengerti bagaimana cara kerja benda itu. "Sepertinya Jumat malam ini akan menjadi waktu yang tepat untuk berlayar di senja hari. Malam yang cerah dengan angin sepoi-sepoi sehingga kita mungkin tidak terlalu membutuhkan motor."

Tidak mungkin dia bisa menyelesaikan kapal itu pada hari Jumat. Dia juga tidak akan punya waktu untuk mencari kru untuknya. Dunstan membuka mulutnya untuk mengecewakannya.

Dia pasti bisa membaca pikirannya. "Tidak di bak mandi ini. Kami akan mengambil Morgan dan kapal pesiar kecilku. Yah, kurasa itu hanya milikku sekarang. Yang di sana." Dia menunjuk.

Dunstan tertawa kecil. Tentu saja, itu adalah satu-satunya perahu yang tidak berwarna putih, tetapi dia tidak akan menyebutnya kecil. Perahu itu memiliki kabin, dek buritan, dan tiang layar yang menjulang tinggi di atas kayu yang dipernis. Di bawah sinar matahari, kayu itu akan bersinar dengan kehangatan, tidak seperti monster putih yang menyilaukan di kedua sisinya. Jika dia bisa memilih perahu mana pun di teluk itu, dia akan memilih perahu itu.

"Saya menantikannya," katanya, dan bersungguh-sungguh dalam setiap kata-katanya.

"Aku juga." Dia tampak terkejut. "Sekarang, ayo kita kembali ke pelabuhan kapal nelayan agar aku bisa makan malam sebelum toko ikan dan keripik tutup. Aku juga ingin membelikanmu makan malam, tapi..."

"Gargoyle tidak membutuhkan makanan," dia menyelesaikannya untuknya.

"Tidak, atau tidur, tetapi mereka membutuhkan sesuatu untuk dilakukan, ketika melindungi saya adalah pekerjaan yang terlalu membosankan. Maksud saya, saya tidak mempertaruhkan nyawa saya setiap hari, yang perlu diselamatkan setiap beberapa menit sekali."

Dunstan teringat saat terakhir kali dia memanggil namanya. Ketika dia sudah pasti tidak membutuhkannya. "Saya yakin Anda tidak membutuhkan saya sama sekali, dan jika Anda memilih untuk mengabaikan saya kembali ke kegelapan dari mana saya datang, Anda akan baik-baik saja. Kamu adalah wanita yang luar biasa, Anemone Seaver."

Dia berbalik untuk menatapnya dalam kegelapan. "Jika kau ingin pergi, aku tidak akan menahanmu. Apapun makhluk gargoyle yang membuatmu menjadi pelindungku, aku berterima kasih, jangan salah paham. Aku senang memilikimu di sini, dan langit-langit dan sekarang mungkin perahu ini... aku akan senang untuk tetap memeliharamu selama yang kau inginkan." Dia menarik napas panjang. "Atau mungkin aku hanya tidak suka mengucapkan selamat tinggal. Maksudku, terakhir kali aku mengucapkan selamat tinggal pada Morgan, dia tidak pernah pulang ke rumah. .." Air mata berkilauan di matanya, lalu di pipinya.

Dunstan melipatnya ke dalam pelukannya. Begitu lembut, namun begitu kuat. Anemone tidak seperti wanita lain yang pernah dia temui. "Aku tidak akan pernah meninggalkanmu, kecuali jika kau menginginkannya. Bahkan saat itu, aku hanya akan berada di dekatmu, menunggu panggilanmu."

Dia tertawa. "Panggilan rampasan perang gargoyle. Kedengarannya salah dalam banyak hal, meskipun saya yakin bukan itu yang Anda maksudkan."

Dunstan tidak mengerti, tetapi daripada menarik perhatian pada ketidaktahuannya, dia memilih untuk tetap diam.

"Benar, makan malam! Ooh, aku ingin tahu apakah mereka masih memiliki es krim ikan dan keripik..."

Tentunya tidak ada yang bisa membuat es krim dengan rasa seperti itu. Waktu tidak mungkin berubah begitu banyak.

"Jangan membuat wajah seperti itu, Dunstan. Jika kamu mencobanya, kamu akan menyukainya juga. Rasanya seperti daging asap maple. Asin dan manis, dan sempurna bersama, bahkan jika kedengarannya gila saat pertama kali Anda mendengarnya."

"Saya tidak butuh makanan. Atau es krim."

"Ya, tapi saya yakin Anda menginginkannya..."

Dia menginginkan lebih dari yang dia berani katakan padanya. Tapi dia menduga wanita itu sudah tahu.

# Dua Puluh Enam

Dengan kepergian Luke dan kemungkinan dipinjamkan ke Museum Maritim pada hari Senin, Anemone terjebak dalam pusaran pekerjaan yang baru mulai mereda pada hari Jumat sore. Waktu yang tepat baginya untuk menyelesaikan pekerjaan terakhirnya dan berangkat tepat waktu untuk berlayar bersama Dunstan.

Tentu saja, saat itulah tim arkeologi masuk, membawa banyak sekali kotak. Anemone mencari-cari Beth dengan putus asa, hanya untuk mengingat bahwa Beth telah pergi lebih awal untuk janji dengan dokter gigi. Sue, petugas administrasi mereka, hanya bekerja pada jam kerja sekolah agar bisa menjemput cucu-cucunya dari sekolah, yang berarti hanya Anemone yang tersisa di kantor.

"Eh, ada yang bisa saya bantu?" tanyanya sambil menatap kotak-kotak itu dengan ragu.

Wanita yang ia duga adalah arkeolog utama - ia memiliki lebih banyak uban di rambutnya daripada yang lain - meletakkan kotaknya di atas meja Anemone dengan gebrakan yang tegas. "Katakan pada Luke semuanya sudah ada di sini, seperti yang dia minta minggu ini. Dia bilang semuanya harus dicatat dan dibuatkan katalog untuk koleksi penjara sebelum kita bisa memindahkannya ke luar. Kami memiliki dua mahasiswa PhD yang mulai bekerja pada hari Senin, jadi mereka akan datang untuk mengumpulkan semuanya pada Senin pagi."

Itu berarti seseorang harus membuat katalog semua temuan mereka sebelum akhir pekan berakhir, pikir Anemone dalam hati. Dan satu-satunya orang yang tersisa adalah dia.

Namun tentu saja mereka tidak membutuhkan semuanya. Jika ada dua orang siswa, masing-masing akan memiliki fokus yang berbeda untuk proyek mereka. "Barang apa saja yang akan mereka butuhkan pada hari Senin, sehingga saya bisa memprioritaskannya?" tanyanya.

Alis wanita itu terangkat. "Hanya yang ada di dalam kotak itu... dan yang itu... dan yang dibawa Katie."

Jadi, kurang dari setengahnya. Dia bisa memulainya sekarang, dan jika dia bekerja besok juga, mungkin dia bisa menyelesaikan pekerjaannya tepat waktu. "Taruhlah di meja Luke, mumpung dia sedang pergi, dan saya akan memulainya."

Dia meraih kotak pertama, yang penuh dengan barang-barang yang disembunyikan di bawah lantai. Dalam hati, dia menghela napas. Tidak akan ada pelayaran malam ini... jika ia berhasil sampai di rumah sebelum tengah malam, ia akan beruntung.

Beberapa jam kemudian, Anemone akhirnya menyerah dan menelepon Beth.

"Hah... halo?"

"Itu Anemone. Tim arkeologi menaruh hampir semua temuan mereka di meja saya sedikit setelah pukul empat sore tadi, dan semuanya harus dikatalogkan pada hari Senin, saat mahasiswa PhD mereka yang baru mulai bekerja. Saya tidak bisa melakukan semuanya sendiri. Bisakah Anda datang besok untuk membantu?"

"Doh... duh, jangan dipikirkan. Juh... juss biarkan saja. Aku akan menanganinya muh.. . Senin. Kau tahu seperti halnya aku, bahwa puh... dee kandidat tidak langsung bekerja begitu saja. Lit ulasan dan hal-hal yang terjadi terlebih dahulu. Pulanglah. Minum."

Anemone tidak bisa menahan tawanya. "Bagaimana hasil pertemuan dengan dokter gigi? Sepertinya wajahmu masih mati rasa."

"Gigi bungsu itu harus dicabut. Bisa saja pergi ke rumah sakit atau dia bilang dia bisa menerimanya sekarang. Saya berkata... sekarang... tidak yakin apakah saya akan sebahagia itu saat obat ini habis. Dia memberiku beberapa pil. Barang yang bagus. Tidak bisa membuat katalog barang atau opium... mengoperasikan... berat... kemilau... m uh... mesin untuk narkoba. Kebijakan penjara."

Anemone tidak yakin apakah dia sudah memahami setengah dari hal itu, atau apakah setengahnya masuk akal, tapi dia tetap mencoba untuk memahami semuanya. "Jadi... kamu ingin aku berhenti sekarang, dan membiarkanmu melakukan sisanya pada hari Senin, setelah kamu tidak menggunakan obat untuk pencabutan gigi bungsumu?"

"Ya. Dan minum. Minumlah untukku. Aku sedang minum antibiotik. Untuk jaga-jaga. Tidak bisa minum."

"Benar. Mengerti. Pulanglah dan minumlah."

"Untuk saya."

Dan untuk dirinya sendiri juga, pikir Anemone sambil memanggul tasnya dan mematikan lampu. Dia pasti butuh minum setelah bekerja malam ini.

# Dua Puluh Tujuh

Setelah makan malam, dengan patuh pada perintah Beth, Anemone membawa sebotol wiski dan dua gelas ke atas atap. Dunstan mengikutinya, membawa pai apel yang dipetiknya dari oven dengan tangan kosong, meskipun Anemone memprotesnya.

"Maaf, saya terlalu lelah untuk berlayar. Setelah mengangkut semua kotak-kotak itu, saya tidak yakin saya punya tenaga untuk mengibarkan layar, apalagi mengemudikan perahu. Mungkin besok saja, jika cuaca mendukung?" katanya sambil menunduk.

"Saya senang berlayar kapan pun Anda mau. Bahkan malam ini. Jika Anda terlalu lelah, maka saya akan melakukan semua pekerjaan, sementara Anda berbaring di geladak dan membiarkan ombak menidurkan Anda. Aku akan menggendongmu pulang jika kamu tidak bangun saat kita berlabuh."

Tiba-tiba dia mendapat penglihatan tentang pria itu terbang melintasi Fremantle, menggendongnya pulang ke rumah. Dia ingin memiliki foto itu, jika hanya untuk mengingatkannya bahwa itu benar-benar terjadi.

Dia pasti lelah. Setiap orang yang waras dan berpikir akan khawatir dia akan menjatuhkannya, atau jatuh dari langit. Tapi dia cukup mempercayainya untuk mengetahui bahwa dia tidak akan pernah menjatuhkannya. Bahkan, dia cukup mempercayainya untuk mengizinkannya masuk ke rumahnya. Dia bahkan mempercayakan proyek pembangunan kapal Morgan kepadanya.

Namun dia belum mempercayainya untuk mengarungi kapal pesiar yang telah dia dan Morgan beli bersama. Mereka telah mengambil foto pernikahan mereka di atas kapal itu, dan dia tidak yakin bisa melepaskan ikatannya dengan *Penyihir Laut.* Dia mempercayakan hidupnya pada pria itu karena dia telah menyelamatkannya, dan dia mempercayakan perahu Morgan setelah apa yang dia lakukan pada langit-langitnya, tapi kemampuan berlayarnya... dia tidak tahu apa-apa tentang hal itu. Dan jika *Penyihir Laut* adalah satu-satunya yang tersisa dari Morgan... tidak ada seorang pun yang akan mengambilnya saat dia masih menarik napas. Dan semoga Tuhan menolong gargoyle yang mencoba.

"Besok," katanya, sambil mendentingkan botol dan gelas di atas meja. "Cuacanya masih bagus, dan kita bisa pergi segera setelah matahari terbenam, untuk menikmati senja dan bintang-bintang. Malam ini... mari kita duduk di sini sebentar dan melihat bintang-bintang." Dia membungkuk dan menuangkan dua gelas wiski. "Dan kau akan bergabung denganku untuk minum, karena minuman beralkohol sebagian besar dihirup, dan sebotol Laphroaig yang bagus bisa membakar bulu hidung gargoyle, aku berani bertaruh."

Dunstan meraih gelas, lalu meraih botolnya. "Saya tahu nama ini. Saya pernah melihatnya, mendekat dari laut. Ini berasal dari tempat saya dibesarkan, meskipun saya tidak pernah bisa meminumnya. Saya lebih suka wiski Ardenistiel. Mereka mengambil air dari mata air yang sama, tetapi sementara Laphroaig lebih berkhasiat sebagai obat, Ardenistiel adalah yang biasa digunakan ibu saya untuk merendam kue buah dan puding Natal. Bahkan tanpa puding atau kue pun, rasanya sudah gelap dan manis, sangat cocok untuk diminum pada malam musim dingin."

"Kamu mengingat sesuatu," dia menghela napas. "Kau ingat kapan? Atau bagaimana mengejanya, sehingga aku bisa mencarinya? Mungkin jika aku tahu sudah berapa lama kau menjadi gargoyle, aku bisa membantumu mengingat lebih banyak hal dari masa lalumu."

Dunstan dengan patuh mengeja Ardenistiel untuknya, dan dia mengetikkan nama itu ke teleponnya.

"Tempat ini bersebelahan dengan penyulingan Laphroaig pada tahun 1820-an, tetapi ditutup pada tahun 1868. Itu... tidak mungkin. Apakah Anda benar-benar berusia dua ratus tahun?" Bahkan saat kata-kata itu keluar dari bibirnya, dia tahu bahwa itu pasti mungkin. Seorang pria yang tidak tahu tentang listrik pasti berasal dari masa yang sangat lampau. Zaman Ratu Victoria.

Dunstan mengangkat bahu. "Aku harus. Jika aku bukan gargoyle, aku pasti sudah mati."

Begitu juga dengan dia, karena dia tidak akan ada di sana untuk menyelamatkannya. Dia menahan gemetar, lalu meraih wiski. "Kalau begitu, haruskah kita minum untuk panjang umur?"

Dunstan duduk di kursi di hadapannya, dan mengambil gelas. Dia mengangkat gelas itu ke hidungnya dan menghirupnya dalam-dalam, seolah-olah dia berniat untuk mendengus isinya alih-alih meminumnya. "Beberapa hal tidak berubah, bahkan setelah dua ratus tahun." Dia mengangkat gelasnya dan menyentuhkannya ke gelasnya. "Untuk kesehatan dan umur panjang." Dan kemudian dia minum, meneguknya seolah-olah itu adalah air dan bukan wiski.

Anemone menyesapnya dengan hati-hati, diikuti dengan tegukan kedua. Dia tidak memiliki tenggorokan batu yang tahan api. Dia juga tidak bisa duduk di sini di udara musim dingin tanpa mengenakan pakaian hangat. Ia menarik selimut keluar dari kotak dan menyelimutkannya ke tubuhnya, lalu meraih pai itu. "Kau mau setengah?" tanyanya, meski ia tahu jawabannya.

Matanya adalah bayangan gelap, tetapi dia tahu bahwa pria itu menatapnya. "Jika saya tidak tahu lebih baik, saya akan mengira Anda sedang mencoba menggoda saya."

Dia menggali dengan sendok. "Mengapa, apakah gargoyle seperti fae, tapi kebalikannya? Satu gigitan makanan manusia dan kau terjebak di dunia kami, melayani manusia selamanya? Apakah itu bagaimana kau menjadi gargoyle?"

Dia terdiam untuk waktu yang lama. Akhirnya, dia berkata, "Saya tidak ingat bagaimana saya menjadi gargoyle."

Gigitan pertama seakan meledak di dalam mulutnya. Sudah lama ia tidak makan pai apel seenak ini. Dia harus kembali ke toko roti itu. "Jadi itu bisa saja pai apel. Hawa menggoda Adam dengan buah pengetahuan dan bum, Anda adalah gargoyle, yang disumpah untuk melindunginya."

"Nama saya Dunstan, dan saya tidak pernah mengenal seorang gadis dengan nama itu." Dia menggelengkan kepalanya. "Tetapi saya tidak menyangkal bahwa saya telah dirugikan oleh seorang wanita, karena bukankah ada tertulis di dalam kitab suci bahwa seorang wanita telah melepaskan dosa asal ke dalam dunia?"

Anemone tertawa. "Tidak ada buku bagus yang pernah saya baca. Jika yang Anda maksud adalah

Alkitab, sebuah buku yang ditulis oleh laki-laki, dan dipelintir oleh lebih banyak laki-laki selama berabad-abad untuk memberi tahu orang-orang bagaimana seharusnya bersikap... ya, saya yakin mereka menyalahkan Hawa atas segala sesuatu yang buruk. Seolah-olah seorang wanita, dan yang fiksi, yang harus disalahkan atas semua hal buruk yang telah dilakukan pria selama berabad-abad. Saya cukup yakin bahwa bukan seorang wanita yang mengajari pria cara memperkosa, atau menindas wanita."

"Anda terdengar seperti salah satu wanita yang berbaris di jalanan di Amerika, berteriak tentang hak-hak dan kesetaraan wanita."

Rona merah mewarnai pipi Anemone, yang ia harap tidak bisa dilihat Dunstan dalam kegelapan. "Saya mungkin pernah ikut satu atau dua kali protes selama masa kuliah. Dunia telah banyak berubah sejak kamu masih kecil, tapi saya pikir masih banyak perubahan yang diperlukan. Kita belum sampai di sana. Maksud saya, hak-hak pekerja, hak-hak perempuan, hak-hak sipil... bahkan saya tidak akan membahas hak-hak LGBT atau perubahan iklim. Saya rasa orang-orang hanya ingin menjalani hidup mereka dan menjadi bahagia, tidak merasa seperti makhluk yang lebih rendah dari orang yang berkuasa, tapi semua orang bisa melakukan itu... atau bahkan sebagian besar orang bisa melakukan itu..." Dia meneguk wiski yang diminumnya. "Saya bahkan tidak tahu harus mulai dari mana. Saya seorang ahli kimia dan konservasionis museum, ahli dalam hal karat dan cara memperbaiki kerusakan. Politik global... mungkin lebih tepatnya ilmu roket atau bedah otak, sangat jauh di luar apa yang saya ketahui."

"Dan saya adalah seorang tukang kayu gargoyle. Saya tahu tentang kayu dan kapal, menyerahkan kepemimpinan dunia kepada mereka yang tahu lebih banyak daripada saya. Saya hanya bisa mengibarkan layar, bukan revolusi secara keseluruhan, dan saya mengenal orang-orang di Paris yang melihat dengan mata kepala sendiri bahwa revolusi tidak akan berakhir dengan baik bagi siapa pun." Dia menuangkan segelas wiski lagi untuk dirinya sendiri, dan melemparkannya kembali.

Anemone menghabiskan gigitan terakhir pai, tetapi pai itu tidak terasa nyaman di perutnya. Terlalu banyak pembicaraan tentang masa-masa kelam dan politik. "Bisakah kita tidak membicarakan betapa buruknya dunia ini, dan masih seperti itu? Jika ada waktu luang, dan saya tidak terlalu lelah, saya sarankan kita pergi ke pub dan mendengarkan live band, atau mungkin berdansa."

Dunstan melompat ke atas meja, nyaris saja meleset dari piringnya. "Kita bisa berdansa di sini. Nyalakan musik, Anemone, dan aku akan berdansa denganmu."

Anemone meraih ponselnya, dan menemukan daftar lagu yang telah ia susun untuk pesta para anggota di klub kapal pesiar. Itu adalah campuran lagu-lagu dari lima puluh tahun terakhir, jadi tidak akan ada yang diketahui Dunstan, tapi...

"Oh, aku tahu yang ini! Menarilah denganku, Anemon!"

Diiringi dengan kekaguman Anemone, Dunstan mulai menari Macarena. Seolah-olah dia telah melakukannya ratusan kali sebelumnya. Lengkap dengan goyangan pantat terseksi yang pernah dilihatnya.

"Persetan denganku," desisnya. Dari mana dia belajar melakukan hal itu?

# Dua Puluh Delapan

Saat lagu dimulai, tubuh Dunstan bergerak hampir dengan sendirinya. Meskipun dia tidak ingat, dia tahu lagu ini, dan langkah dansa yang menyertainya. Mungkin Anemone tidak, karena dia tidak menerima ajakan Dunstan untuk berdansa dengannya.

Baiklah. Dia akan menari sendiri, dan menunjukkan kepadanya bagaimana hal itu dilakukan. Dia merasakan matanya tertuju padanya, bahkan saat dia berbalik dan melompat mengikuti irama. Dia tidak bisa berpaling dan panasnya tatapannya cukup untuk melelehkan batu.

Nah, jika dia ingin pertunjukan, dia akan memberinya pertunjukan. Dunstan menanggalkan bajunya dan mengembangkan sayapnya. Dengan satu kali hentakan, dia naik ke udara di atasnya, menangkap seberkas cahaya bulan saat dia mulai melambaikan tangannya lagi. Ketika sayapnya mulai lelah, dia mendarat di langkan tempat seseorang meletakkan patung gargoyle kecil dan gemuk, dan melanjutkan tariannya, setiap gerakannya lebih lebar, lebih jelas. Hingga tiba saatnya untuk melompat, dan dia menggunakan sayapnya untuk mengangkatnya ke udara, lebih tinggi dari yang bisa dia lompati, sebelum jatuh ke bawah untuk urutan berikutnya.

Di jalan di bawah, seorang gadis berdiri di pintu kafe, memegang layar kecilnya seolah-olah menghalangi pandangannya terhadap tarian Dunstan.

Mungkin dia bersikap sedikit vulgar...

"Haruskah saya berhenti?" tanyanya pada Anemone. Hanya pendapatnya yang benar-benar penting.

"Hanya jika Anda menginginkannya," katanya.

Dunstan berpikir sejenak. "Kalau begitu, bisakah Anda memainkan lagu itu sekali lagi?"

Anemone tersenyum. "Tentu."

# Dua Puluh Sembilan

Setelah Anemone menghabiskan sore hari dengan memeriksa *Sea Witch* dan memastikan bahwa ia telah terisi bahan bakar dan layak berlayar, matahari terbenam tidak lama lagi akan tiba. Tentu saja, mungkin bijaksana untuk menyantap makanan selagi dia menunggu, mengingat Dunstan tidak perlu makan.

Gargoyle memiliki waktu yang tepat, muncul di dapur tepat saat ia menutup mesin pencuci piring di atas piring makan malamnya.

"Anda siap untuk berlayar?" sapa dia.

Dia menyeringai. "Entah itu atau lebih banyak menari."

Dia bermimpi tentang dia menari tadi malam. Hanya saja dalam mimpinya, bukan hanya bajunya yang terlepas. Dia terbangun dalam keadaan kepanasan dan merasa terganggu sehingga dia terpaksa mengurus dirinya sendiri lagi sebelum bisa kembali tidur. Jika Dunstan tahu betapa dia sangat bernafsu padanya.

Anemone menggelengkan kepalanya. "Berlayar. Tentu saja. Saya telah menghabiskan waktu sepanjang sore untuk menyiapkan kapal. Ini akan menjadi pelayaran pertamaku setelah sekian lama. Kita akan melakukannya."

Dia memiringkan kepalanya. "Kalau begitu kita bisa berdansa bersama di lain malam."

Oh, ya, silakan. Dia berhasil untuk tidak mengucapkan kata-kata itu dengan keras, berpaling untuk mengisi pendingin dengan minuman agar tidak terbaca olehnya.

"Baiklah, kita mulai?"

Dalam waktu singkat, mereka sudah melaju melewati kandang klub kapal pesiar, dan keluar dari pelabuhan.

"Ini pasti lebih baik daripada menunggu air pasang," kata Dunstan sambil mengintip dari balik bahunya.

Memang benar. "Itu menunjukkan kedalamannya, dan itu adalah grafik terbaru," katanya sambil menunjuk.

"Apa yang menggerakkan mesin? Apakah uap? Di mana corongnya?" Dunstan bertanya.

"Oktan, dengan sekitar sepuluh persen etanol, yang merupakan campuran bahan bakar standar di klub kapal pesiar. Karena etanol adalah pelarut, saya mencoba untuk mendapatkan bahan bakar tanpa etanol, tetapi Morgan adalah orang yang biasanya mengatur hal itu, dan saya agak kesulitan untuk mendapatkan bahan bakar premium saat ini." Ekspresi kebingungan di wajahnya mengingatkannya bahwa dia adalah seorang tukang kayu, bukan ahli kimia. "Apakah Anda akrab dengan hidrokarbon?"

Dia menggelengkan kepalanya.

"Batu bara, minyak tanah... minyak? Oktan adalah bahan bakar minyak, semacam bahan bakar minyak, hanya saja sangat halus. Mobil saya juga menggunakan bahan bakar ini." Dia sering bepergian dengannya di dalam mobil dari dan ke Bunnings, tetapi tidak pernah bertanya tentang cara kerjanya. Mungkin dia pernah bertemu dengan mobil sebelumnya, mungkin ketika dia belajar menari Macarena. Hanya saja dia tidak ingat. "Bahan bakar dibakar di dalam silinder mesin, alih-alih digunakan untuk memanaskan uap. Tapi tetap saja bisa menggerakkan mesin. Saya tahu bahan bakarnya, tapi jika Anda ingin spesifikasi teknisnya, saya bisa mencari beberapa skemanya di internet saat kita pulang nanti..."

Dia terus menggelengkan kepalanya. "Luar biasa."

"Kami bisa mematikan motor dan mengibarkan layar ketika kami sudah keluar dari pelabuhan, dan keluar dari jalur pelayaran utama. Kapal peti kemas tidak berhenti untuk siapa pun. Nah, ketika Anda sebesar itu, saya membayangkan akan sulit untuk melambat, apalagi berhenti."

"Kapal kontainer?"

Anemone menunjuk ke arah kapal-kapal pengangkut yang berlabuh di lepas pantai, menunggu giliran untuk masuk ke pelabuhan dan melakukan bongkar muat. Dalam cahaya yang memudar, mereka akan segera menjadi bayangan besar di cakrawala. "Kapal-kapal kargo. Kami masih mengimpor banyak barang dari luar negeri, meskipun kami juga mengekspor banyak barang. Sumber daya pertambangan, sebagian besar, dari pelabuhan utara, dan produk pertanian dari sini dan selatan. Perbatasan mungkin ditutup untuk mencegah virus bodoh ini, tetapi kargo masih masuk."

"Tapi tidak ada lagi layar, kecuali... ini adalah kapal yang menyenangkan, bukan?"

Sebuah kapal yang dia dan Morgan sangat senang berlayar. Dia merindukan ini. "Ya, semua kapal komersial memiliki mesin seperti itu."

Lebih banyak menggelengkan kepala. Dia tampak sedih. "Dunia sudah benar-benar berubah."

Mereka telah mencapai perairan terbuka, cukup jauh dari Jalan Gage. Anemon mematikan mesin. "Tidak semuanya. Masih ada angin, air, dan ombak, dan jika kamu tahu cara mengibarkan layar..."

Dunstan benar-benar tahu cara berlayar. Bahkan dengan dia sebagai kapten dan dia sebagai kelasi satu, mereka bekerja sama dengan lancar, seperti sudah berlayar bersama selamanya. Morgan lebih suka menjadi kapten hampir sepanjang waktu, dan Anemone tidak pernah berdebat, tapi sekarang, di kemudi kapalnya sendiri... kebebasan itu terasa menggembirakan. Tidak heran Morgan sangat menginginkannya.

Angin sepoi-sepoi menyapu layar, membuat Penyihir *Laut* terbang melintasi ombak.

# Tiga Puluh

Anemone mengikatkan perahunya pada pelampung berwarna kuning mencolok di samping tumpukan bebatuan yang terendam, lalu mengeluarkan tas yang dibawanya ke atas kapal di awal malam. "Bolehkah saya mengajak Anda minum? Kami sudah menghabiskan wiski tadi malam, tapi saya membawa beberapa botol air dan bir, jika Anda mau."

Dunstan menggelengkan kepalanya. Wiski tadi malam telah membakar tenggorokannya, persis seperti yang dia ingat, tetapi tidak membawa serta jenis keracunan yang diinginkan oleh seorang pria.

Dan dengan cara Anemone menangani perahu, berlayar dengan terampil seperti pelaut berpengalaman yang dikenal Dunstan, dia sudah dalam perjalanan menuju mabuk oleh kehadirannya saja. Jika hati batunya mampu mencintai, dia akan berada dalam bahaya besar bersama Anemone.

"Apakah ada arti penting dari tempat ini?" tanyanya.

Dia melambaikan tangan ke arah batu karang. "Batu karang ini adalah tempat memancing yang bagus, oleh karena itu ditambatkan di sini, karena ini adalah tempat yang populer, tetapi juga cukup jauh dari pantai untuk melihat bintang-bintang dengan jelas. Lihat?"

Memang benar.

"Ini juga merupakan titik tengah dalam beberapa perlombaan sosial klub kapal pesiar, karena ini adalah tempat yang sempurna untuk berbalik. Satu putaran di sekitar batu karang, lalu kembali ke rumah. Kadang-kadang kami menjadi sukarelawan sebagai petugas lomba, dan berangkat ke sini pagi-pagi sekali, dan hanya mengapung sampai lomba selesai. Morgan biasanya memasang beberapa tali untuk melihat apakah dia bisa menangkap sesuatu, tetapi dia jarang melakukannya. Ada sekawanan lumba-lumba yang berenang di sekitar sini, dan sesekali singa laut. Tidak perlu lebih dari satu singa laut untuk memastikan Anda tidak bisa mendapatkan ikan. Hewan-hewan itu sangat cepat."

"Jadi ini adalah tempat yang spesial untuk Anda dan suami Anda." Namun, dia membawanya ke sini, alih-alih datang sendirian.

"Ya. Tidak." Anemon menghela napas. "Aku menyukainya, karena itu damai. Hanya kita dan ombak dan kehidupan laut, kau tahu? Tapi Morgan tidak suka menjadi pejabat. Dia ingin berlomba, mengadu dirinya dengan yang lain, tapi juga dengan dirinya sendiri. Dan... ini mungkin terdengar gila, tapi terkadang saya pikir dia melihat lautan sebagai musuh bebuyutannya. Seolah-olah mereka terkunci dalam pertempuran seumur hidup, dia dan air. Saya kira saya seharusnya menduga bahwa suatu hari nanti lautan akan menang, karena satu orang bukanlah tandingan bagi seluruh lautan, tapi itu adalah bagian besar dari diri Morgan. Lebih seperti persaingan seumur hidup, saya kira, bukan pertempuran, karena lautan tidak pernah menyadarinya. Hingga suatu hari lautan itu mengambilnya untuk dirinya sendiri."

Raungan sayup-sayup terdengar di telinganya, semakin lama semakin keras hingga Anemone ternyata juga mendengarnya.

"Lebih banyak nelayan malam, saya kira. Seperti yang saya katakan, ini adalah tempat memancing yang bagus," katanya, menunjuk ke seberang ombak sambil mengangkat sepasang teropong, yang diikat menjadi satu. "Ya, nelayan rekreasi pastinya. Mereka yang memiliki lebih banyak uang daripada akal sehat, dilihat dari seberapa cepat mereka melaju. Para profesional tidak akan pernah membuang-buang bahan bakar seperti itu, kecuali jika ada orang lain yang membayarnya." Dia menawarkan teropong itu kepada Dunstan.

Dia mengintip dari baliknya, dan segera menemukan kapal yang berisik itu. Kapal itu lebih besar dari kapal-kapal di kandang klub kapal pesiar, tetapi tampak berlubang di bawahnya. "Sepertinya salah satu kapal nelayan di Kepulauan Pasifik dengan dua lambung, hanya saja ditulis besar-besar dan dipoles seperti kapal pesiar kerajaan atau semacamnya."

Anemone tertawa. "Morgan berbicara tentang menukar *Sea Witch* dan mendapatkan sebuah katamaran, meskipun yang lebih kecil dari itu, saya yakin. Kapal itu lebih cepat dan memiliki lebih banyak ruang di geladak. Ketika kesepakatan untuk menjual rumah lama kami tercapai, saya pikir itu hanya masalah waktu sebelum dia pulang dengan rincian tentang kucing mana yang ingin dia beli, tetapi pada saat pembeli menyelesaikannya, dia sudah pergi." Dia mengulurkan tangan. "Sebaiknya nyalakan lampu, agar mereka bisa melihat kita dan pelampung peringatan. Kita tidak ingin benda itu kandas di atas batu. Biaya perbaikannya akan lebih mahal daripada harga perahu kita."

Serangkaian lampu kecil menyala, menguraikan kapal pesiar dalam cahaya hangat dari ribuan lilin tanpa kerlipan di antaranya.

Anemon memergokinya sedang menatapnya. "Mereka menggunakan listrik, dan semuanya LED, jadi semuanya ditenagai oleh beberapa baterai. Jika kamu ingin tahu cara kerjanya, saat kita sampai di rumah, aku bisa..."

Dunstan mengangkat tangannya. "Tidak, saya tidak yakin saya akan mengerti. Saya seorang tukang kayu, bukan sarjana. Cukuplah lampu-lampu itu menyala. Biarlah pekerjaan mereka tetap menjadi misteri. Saya puas."

Dia juga. Dia berbaring di atas dek. Dia bisa berbaring di sini sepanjang malam, hanya menatap bintang-bintang.

Atau dia bisa saja, sampai Anemone mengeluarkan kata-kata kotor yang akan memekakkan telinga pelaut yang paling kasar sekalipun. Dia menyalakan lampu yang jauh lebih terang dari yang lain, yang mulai dilambaikannya ke arah kapal yang mendekat, yang tidak melambat.

Sekarang Dunstan memahami masalahnya. Orang-orang bodoh di atas kapal katamaran itu ternyata tidak melihat mereka, dan mereka langsung menuju ke arah mereka.

Deru mesin menjadi begitu keras, dia bahkan tidak bisa mendengar teriakan Anemone. Dan tetap saja mereka terus berdatangan.

Dia hanya punya satu pikiran - dia harus menyelamatkannya.

# Tiga Puluh Satu

"Banci!" Anemon berteriak ke arah katamaran saat mereka membelok, mengirimkan gelombang air untuk membanjiri *Penyihir Laut yang* malang.

Tawa riuh terdengar dari perahu saat mereka melaju kencang, mengangkat kaleng minuman mereka ke arahnya sebagai penghormatan.

Barulah dia menyadari bahwa dia tidak lagi berdiri di atas geladak *Penyihir Laut*, tetapi beberapa meter di udara, dengan sayap Dunstan yang berdetak lembut di kedua sisinya, menahan mereka berdua di udara.

Dia menatapnya dengan takjub. "Kau menyelamatkanku. Lagi."

Dia melingkarkan lengannya di leher pria itu dan menciumnya. Untuk seorang pria yang terbuat dari batu, bibirnya sangat hangat, dan lida hnya... semuanya yang dia inginkan. Jika dia tidak salah, lidah iblis itu sedang melakukan Macarena di mulutnya.

Dengan berat hati, dia menarik diri. "Kau mungkin bisa menurunkanku sekarang." *Penyihir Laut* terendam air, tapi airnya tidak terlalu rendah sehingga sedikit menepi tidak akan menyelesaikan masalah.

"Aku akan mengejar mereka, dan memastikan bahwa mereka membayar apa yang telah mereka lakukan. Ini adalah tindakan perang, dan saya tidak akan membiarkan mereka lolos begitu saja!" Dunstan menyatakan.

Anemone menghela napas. "Tidak, itu hanya sekelompok orang mabuk yang sedang bermain dengan mainan mahal mereka. Tanpa saksi lain, tidak ada yang bisa dilakukan. Lebih baik jika Anda membantu saya menimbun air, jadi kita bisa berlayar pulang. Sangat menyenangkan untuk berlayar di malam hari yang santai."

"Tapi ini tidak bisa diterima! Kamu bisa saja terbunuh!"

"Dengan jaket pelampung dan EPIRB, para relawan Penyelamat Laut akan menemukan kami, tidak perlu khawatir." Belum lagi rakit penyelamat yang akan mengembang. Masih akan terjadi, jika dia tidak mengeluarkan air dari perahu sekarang. "Tolong saya, tolong."

Sambil menggerutu, Dunstan mengambil ember.

Mereka segera kembali ke pantai, terlalu sibuk mengemudikan kapal untuk membahas ciuman itu. Mungkin itu yang terbaik, Anemone memutuskan.

# Tiga Puluh Dua

"Anemon!"

Dia baru saja keluar dari mobilnya sebelum dipeluk dengan sangat erat sehingga membuat ular piton bangga.

"Emily?" Anemone bergumam melalui seteguk mantel wanita itu.

"Tentu saja, konyol. Aku pikir kamu tidak akan datang. Setelah berita kemarin..." Emily menarik diri dan menundukkan kepalanya. Apapun berita itu, tidak mungkin baik.

"Berita apa?"

Mata Emily membelalak. "Maksudmu kamu belum mendengarnya? Itu terjadi di pintu masuk Pelabuhan Kapal Nelayan, tepat di luar. Perahu seorang politisi tenggelam. Para penyelam penyelamat telah mengamatinya kemarin, dan mereka mengatakan bahwa sepertinya perahu itu kandas di bebatuan, dan mengambil air saat kembali ke pelabuhan, tetapi rusak parah sehingga tenggelam sebelum mencapai pantai. Salah satu kapal mewah yang besar juga, seperti kapal feri Rottnest, hanya saja ukurannya lebih kecil. Di sini, mereka mengambil gambar ketika mereka mengapungkannya kembali. Mereka harus melakukannya, atau tidak ada yang bisa masuk atau keluar dari pelabuhan, dan armada nelayan siap siaga, siap untuk memindahkannya sendiri jika ada yang tidak melakukannya." Dia mengeluarkan ponselnya, mengetuknya beberapa kali, lalu mengulurkannya. "Orang yang memilikinya sedang diselidiki atas kasus korupsi sekarang. Rupanya gaji seorang politisi pun tidak cukup untuk menutupi biaya kapal sebesar itu. Kapal itu sudah disita di galangan."

Bahkan ketika kapal itu ditarik ke samping, Anemone tidak bisa salah mengira bahwa itu adalah kapal para wankers pada Sabtu malam. Dia memperbesar lambung kapal yang bisa dilihatnya. Sepertinya ada yang melemparinya dengan batu, atau, kemungkinan besar, melemparinya dengan beberapa pukulan dengan kepalan batu.

Dia harus bertanya kepada Dunstan tentang hal itu ketika dia sampai di rumah.

"Apakah ada yang terluka?" Anemone bertanya.

"Bukan itu yang saya dengar. Sedikit basah, mungkin, atau beberapa goresan saat memanjat bebatuan ke jalan. Kenapa? Apakah Anda mengenal mereka?"

Anemone menggelengkan kepalanya. Tidak, dia tidak mengenal mereka, dan dia tidak ingin mengenal mereka. Dan jika yang hilang hanya perahu dan sedikit kulit, mereka harusnya menganggap diri mereka beruntung.

Emily tampak lega. "Baguslah kalau begitu. Saya pikir Anda sudah mendengarnya, dan setelah apa yang terjadi pada suami Anda, Anda tidak akan mau keluar bersama kami hari ini."

Dia terguncang pada Sabtu malam, dan hampir sepanjang hari kemarin, bersumpah untuk tidak pergi ke *Sea Witch* lagi sampai benar-benar kering dari perendamannya, tetapi kapal penelitian Museum Maritim jauh lebih besar, dan akan ditambatkan di tempat penyelaman yang terlindungi.

Tidak akan ada ikan yahoo yang melaju kencang di atas petak terumbu karang itu. Jika ada, mereka akan menjadi bangkai kapal lain di antara bangkai kapal bersejarah yang sudah ada di antara terumbu karang. Selain itu, dia akan keluar di siang hari, pada hari yang cerah. Para pemabuk Sabtu malam tidak akan keluar mengancam publik di tengah hari kerja.

Dan sekarang dia tahu bahwa kapal yang telah membahayakan dirinya terjebak di galangan kapal tanpa batas waktu, perjalanan hari ini terlihat jauh lebih aman.

"Suatu saat saya harus kembali ke kapal. Mungkin sekarang juga," kata Anemone, sambil menyampirkan tasnya ke atas kapal sebelum memanjat ke atas kapal. "Apakah saya perlu mengeluarkan tangki udara dari mobil, atau apakah Anda punya cukup untuk saya?"

"Jeremy memiliki cukup banyak pasukan untuk pasukan kecil. Jangan khawatir untuk membawa pasukanmu sendiri. Kami akan membantu Anda." Emily mendarat di geladak di samping tas Anemone. "Aku akan menyimpan ini untukmu."

Anemone melangkah ke kabin utama, di mana dia menemukan Jeremy. "Emily bilang kamu membawa pasukan. Informasi singkat yang aku dapat tidak mengatakan apa-apa tentang menyerang Rottnest."

Jeremy terlihat bingung sejenak, lalu ekspresinya kembali cerah. "Oh, maksudmu tangki selam? Bukan, saya hanya ingin memastikan bahwa kami memiliki cukup udara. Kami kehabisan di Abrolhos, dan menghirup udara di luar sana adalah mimpi buruk. Terutama ketika hanya ada begitu banyak cuaca bagus untuk menyelam di luar sana."

Dia telah dijadwalkan untuk pergi bersama mereka dalam perjalanan itu. Kemudian Morgan meninggal dan dia dipindahkan. "Bagaimana hasilnya? Apakah Anda menemukan lebih banyak rahasia? The Great Cameo, mungkin?"

Jeremy menggelengkan kepalanya. "Hanya mayat-mayat yang kami tahu ada di bawah gubuk-gubuk nelayan. Mereka semua sudah tidak ada sekarang. Tidak ada yang tersisa kecuali hantu."

Anemone mengangguk. Ia sudah mendengar cerita-cerita yang beredar - kebanyakan orang yang mengunjungi Beacon Island lebih memilih untuk tidur di atas kapal mereka, daripada menginap di pulau itu sendiri saat hari sudah gelap. Bukan tanpa alasan pulau ini dijuluki pulau hantu pemarah. "Dan hal lain yang Anda temukan menunggu tim konservasi untuk melihat apa yang Anda temukan sebelum Anda melaporkannya?"

"Kami bisa melakukan dengan keahlian Anda. Kami akan menerimamu kembali dalam sekejap, kau tahu, bahkan jika penugasanmu belum berakhir. Saya yakin kami bisa menemukan orang lain untuk mengisi posisi di penjara..."

Anemone memejamkan matanya. Dia dengan mudah berbaur dengan tim museum seolah-olah dia tidak pernah pergi, tetapi bukan orang-orang yang membuatnya pergi. Bukan, pembicaraan tentang bangkai kapal dan kematian di laut yang membuatnya menangis, dan di divisi Arkeologi Maritim di museum, semuanya tentang bangkai kapal.

"Kita lihat dulu bagaimana saya hari ini," ujarnya dengan tegas.

# Tiga Puluh Tiga

Anemone memeriksa kembali perlengkapannya, lalu memeriksanya lagi, sebelum ia turun dari kapal dan masuk ke dalam air. Semua orang sudah tenggelam, jadi dia adalah orang terakhir yang mencapai jalur penyelaman. Dia lupa betapa damainya di bawah permukaan. Hanya ada gelembung dan ikan, dengan dentuman ombak di kejauhan yang memecah di terumbu luar. Oh, dia telah merindukan ini.

Dia menendang perlahan-lahan di sepanjang jalur penyelaman, berhenti sejenak untuk memeriksa plakat. Mereka berada dalam kondisi yang sangat baik, mengingat betapa bersemangatnya karang untuk menjajah apa pun yang berada di bawah permukaan untuk waktu yang lama. Tidak perlu ahli korosi di sini.

Bangkai kapal adalah masalah lain. Jika dia tidak tahu bahwa bangkai kapal itu ada di sana, tersembunyi di bawah karang yang merambah, dia bisa saja berenang melewatinya. Tapi masih ada garis-garis lurus yang bisa dilihat di antara kehidupan laut, bahkan setelah lebih dari seratus tahun. Garis-garis seperti itu tidak akan terbentuk secara alami tanpa campur tangan manusia. Dia berhenti sejenak, membiarkan kamera yang terpasang di topengnya mendapatkan banyak rekaman sebelum dia melanjutkan. Hari ini hanyalah penilaian awal, untuk melihat-lihat dan melihat apa yang perlu mereka fokuskan selama penyelaman selanjutnya. Jadi pagi hari disisihkan untuk jalur penyelaman, dan sore hari untuk lokasi-lokasi yang mungkin untuk ditambatkan.

Tim penyelam sempat berhenti untuk melihat anjing laut, tapi Anemone sudah terlalu banyak pengalaman dengan anjing laut yang mencoba mencuri peralatannya sehingga ia tidak mau bergabung dengan mereka. Sebagai gantinya, dia kembali ke kapal.

Yang lainnya segera muncul setelah itu, dan mereka makan siang sambil mendiskusikan apa yang telah mereka lihat. Salah satu dari mereka melihat seekor penyu, dan mereka semua mengerumuni layar laptop untuk melihat rekaman yang ia rekam.

Sore hari sudah tiba saat mereka dijadwalkan untuk melakukan penyelaman kedua, dan Anemone memutuskan untuk tetap berada di kabin dan menonton siaran langsung alih-alih bergabung dengan para penyelam. Tampaknya dasar lautnya bersih dan berpasir, tempat yang sempurna untuk menambatkan jangkar.

Tim menyebar untuk mengidentifikasi potensi bahaya, dan Anemone berbalik untuk berganti pakaian selam.

"Sial, apa itu?" Kata Jeremy.

"Ini terlihat baru," Emily menghela napas. "Hei, Anemone, ayo kita lihat. Menurutmu, berapa lama ia berada di bawah sana?"

Anemone menjawab bahkan sebelum dia melihat layar. "Jika tidak ada pertambahan karang, kemungkinan besar kurang dari setahun." Dia mengintip gambar itu, saat penyelam itu mengitari celah di terumbu karang tempat perahu nelayan itu berada di bagian dasar berpasir. Kemudian dia turun lebih rendah, dan seekor lobster batu bergegas menghindar.

Nomor registrasi mulai terlihat. Anemone berkedip. Itu tidak mungkin benar. The *Perfect Catch* tidak pernah berada di dekat Rottnest. Mereka sedang dalam perjalanan kembali dari Pulau Carnac ketika...

"Saya harus pergi ke sana," katanya sambil merapatkan pakaian selamnya.

Emily dan Jeremy terlalu fokus pada layar untuk mendengarnya. "Itu dia namanya - *Tangkapan Sempurna.* Sepertinya baru saja tenggelam kemarin. Hei, Anemone, berapa lama menurutmu ...?"

"Sebelas bulan, dua puluh tiga hari dan sekitar empat belas jam," kata Anemone sambil berusaha menjaga suaranya tetap stabil.

Emily tertawa. "Wow, itu tepat sekali. Bagaimana kamu bisa..."

"Itu adalah kapal yang dinakhodai suami saya, pada malam dia meninggal."

Keheningan menguasai kabin.

"Saya harus pergi ke sana. Bisakah Anda memeriksa perlengkapan saya untuk saya, tolong, Jeremy?"

Tanpa berkata-kata, Jeremy melakukan apa yang dia minta, lalu memberikan isyarat setuju dengan kedua tangannya.

Anemone hampir tidak merasakan dinginnya air saat air itu menutup kepalanya. Butuh beberapa saat untuk menyesuaikan diri, sebelum ia melihat sirip penyelam yang sedang merekam film *Catch*.

Arus mencoba menariknya menjauh, tetapi Anemone hanya menendang lebih keras. Dia harus melihatnya sendiri. Untuk mengetahui apa yang telah terjadi...

Kapal itu berada di bagian bawah, dengan posisi miring seperti terdampar di pantai. Jendelanya masih utuh, bahkan tanpa kerak garam seperti biasanya. Tersapu oleh air, Anemone menduga. Dia menyalakan senter selamnya dan menyorotkannya melalui jendela terdekat. Kabin itu tampak persis seperti yang diingatnya, kecuali peti-peti besi yang ditumpuk di sepanjang dinding. Salah satu peti itu terjatuh dengan posisi miring, tetapi benturannya tidak cukup kuat untuk membukanya.

Dia bergerak ke jendela berikutnya, dan jendela berikutnya. Apakah itu sedikit warna merah?

Dia berenang ke pintu kabin dan menyorotkan senternya ke sana. Oh, warnanya merah, benar. Seekor ikan trout karang besar, tercetak di bagian belakang kemeja pancing yang dibelikannya untuk Morgan pada Natal terakhir mereka bersama.

Dia meraih pegangan pintu. Pintu itu bergerak dengan mudah, tetapi menarik pintu untuk membuka adalah masalah lain.

Pada akhirnya, butuh dua orang untuk membukanya setengah jalan, cukup lebar untuk Anemone masuk ke dalam. Dia meraih kemeja itu, untuk menariknya keluar dari bawah konsol. Seekor kepiting kecil keluar dari kerah baju, men yeberang... menyeberang...

Putih... tulang... oh Tuhan...

# Tiga Puluh Empat

"Kita harus memanggil polisi."

"Haruskah kita membawanya ke rumah sakit? Dia belum mengatakan apa-apa sejak dia muncul ke permukaan."

"Dia melepas semua perlengkapannya dan menyimpannya dengan sempurna. Mungkin dia hanya tidak ingin berbicara. Apakah Anda mau, setelah menemukan itu? Maksudku, itu terlihat seperti salah satu mayat dari *Batavia.* Salah satu korban."

"Ya, tapi kamu harus bicara. Terutama setelah menemukan sesuatu seperti itu."

"Anemone? Apakah kamu baik-baik saja?"

"Baiklah," dia mendengar dirinya sendiri berkata. "Saya hanya perlu pulang. Mungkin saya belum siap untuk naik kapal lagi."

"Mike menarik semua orang keluar lebih awal. Penyelam polisi ingin menyelam di lokasi sebelum kami bisa melangkah lebih jauh."

"Kami akan kembali segera setelah semua orang naik ke kapal. Atau kami bisa menurunkan Anda di darat dan Anda bisa naik feri kembali."

Anemone pasti telah mengatakan sesuatu, karena hal berikutnya yang dia ingat, dia sedang berjalan dengan susah payah menaiki tangga menuju apartemennya. Tangannya gemetar, tapi akhirnya dia berhasil memasukkan kunci ke dalam kuncinya.

Tempat tidurnya menunggu dengan tangan terbuka untuk memeluknya, jadi dia menjatuhkan diri, dengan wajah menghadap ke bawah, dan menyambut pelupaan.

# Tiga Puluh Lima

Dia pergi tidur di siang hari, dengan tirai terbuka lebar, jadi Dunstan harus menunggu di dinding sampai matahari terbenam sebelum dia bisa menghampirinya. Awalnya, dia hanya berbaring di sana, tidak bergerak atau mengatakan apa pun. Kemudian dia mulai menangis, dan dia tidak menunjukkan tanda-tanda akan berhenti. Hatinya sakit untuknya.

Saat matahari tergelincir di bawah cakrawala, dia melintasi ruangan dengan langkah cepat dan menyelinap ke belakangnya di tempat tidur, menariknya ke arahnya. Dia terisak dengan sungguh-sungguh sekarang, seluruh tubuhnya bergetar.

"Tidak apa-apa. Tidak apa-apa," dia menenangkan, meskipun dia tahu itu bohong. Tidak ada sesuatu yang dapat menghancurkan hati seorang wanita secara menyeluruh yang bisa menjadi benar.

"Aku menemukannya. Aku menemukannya, Dunstan. Morgan sudah mati. Dia benar-benar tenggelam. Dia tenggelam bersama kapalnya dan aku menemukannya..."

Di sela-sela isak tangis, cerita itu pun tumpah. Dia telah menemukan jasad suaminya dan kapal yang ditumpanginya saat meninggal. Dia sekarang tahu dengan pasti bahwa suaminya tidak akan pernah kembali.

Melalui semua itu, setiap detail yang menyayat hati, dia memeluknya, sampai dia berbaring diam, dan dia mengira dia tidur.

Mungkin memang begitu, untuk waktu yang singkat.

Kegelapan telah benar-benar jatuh ketika dia berbicara lagi. "Aku merasa sangat sendirian, Dunstan."

"Anda tidak sendirian. Kamu di sini bersamaku. Aku akan menjagamu, aku janji."

"Bagaimana jika... bagaimana jika saya ingin merasa lebih dari sekadar aman?"

Dia mengembuskan napas. "Apa pun yang Anda inginkan, sebutkan. Jika saya bisa memberikannya kepada Anda, itu adalah milik Anda."

"Saya ingin merasa dicintai. Seperti... aku tidak sendirian. Aku ingin merasakan."

Dia mengeratkan pelukannya di sekelilingnya. "Aku tahu kau bisa merasakan ini. Aku di sini, Anemone. Aku tidak akan meninggalkanmu."

"Aku ingin lebih dari sekadar pelukanmu di sekitarku. Saya ingin merasakan Anda di dalam diri saya."

Seharusnya tidak mungkin, tetapi penisnya menarik perhatian, seperti dia memanggilnya dengan nama. Benda sialan itu bahkan tidak memiliki nama.

Dia tidak bisa... ini adalah...

"Dunstan, aku ingin kau meniduriku."

# Tiga Puluh Enam

Sebelum dia bisa berubah pikiran, Anemone menggeliat melepaskan pakaiannya dan melemparkannya ke lantai. Kemudian dia kembali menekan Dunstan, dan kemenangan membuncah di dadanya. Dia tidak bisa membayangkannya. Itu pasti penisnya yang keras, menancap di pinggulnya. Dia juga menginginkan hal ini, sama seperti dia.

Dia menggosok-gosoknya. "Bercintalah denganku, Dunstan. Keras. Jadi aku melupakan semua yang kulihat hari ini, dan yang kupikirkan hanyalah dirimu."

Dia melingkarkan lengannya di sekelilingnya lagi, lebih tentatif sekarang dia menyentuh kulit telanjang. Kemudian dia menyelipkan tangannya ke bawah perutnya, sangat perlahan dan terasa menyiksa. Akhirnya, dia memasukkan satu jari ke dalam dirinya.

"Tambah lagi," pintanya, sambil merogoh koceknya untuk meminta pria itu memberikannya.

Sesuatu melilit pergelangan tangannya, menahannya dengan kuat, sebelum mengikat pergelangan tangannya yang lain, dan meletakkannya di tempat tidur di sampingnya. Apakah itu ekornya?

Dua jari sekarang, menggosok klitorisnya pada setiap dorongan di dalam dirinya.

Ya Tuhan, ini lebih baik dari yang dia bayangkan.

Tiga jari, salah satunya mengait pada sudut yang tepat untuk...oh Tuhan...

Kemudian ibu jarinya mendarat di klitorisnya, mengitari dengan tepat, saat jari-jarinya mendorong lebih dalam, lebih keras, dan dia tidak bi sa... tidak bisa...

Dia mengeluarkan jeritan.

"Apakah Anda puas?" tanyanya, suaranya terdengar kasar di telinga wanita itu.

Dan itu adalah miliknya... begitu keras di pinggulnya, bahkan lebih besar dan lebih keras dari sebelumnya.

Seharusnya dia mengatakan ya. Satu orgasme yang luar biasa lebih dari yang pantas ia dapatkan. Dia adalah seorang janda. Dia seharusnya berkabung, sialan. Tapi dia ingin... dia ingin...

"Aku ingin lebih," katanya. "Aku ingin kau menyetubuhiku. Dengan benar. Bukan hanya dengan jari-jarimu. Kumohon, Dunstan, aku ingin merasakanmu di dalam diriku."

"Anemon..."

"Jangan berani-berani minta maaf atau bilang tidak bisa. Aku bisa merasakan betapa kerasnya penismu, dan aku ingin kau menyetubuhiku dengan itu. Sekarang." Dia mencoba meraih ke belakangnya untuk meraihnya, tapi ekornya masih memegang tangannya dengan kuat, jadi dia malah menekannya, kelembutan tubuhnya melawan kekerasan tubuhnya. "Kumohon!"

Tangannya bergerak ke pinggulnya, mencengkeramnya dengan lembut. Panasnya dia di antara kedua pahanya, siap untuk memasukinya, tapi tidak jadi.

"Tolong, Dunstan!" dia memohon.

Dengan satu dorongan kuat, dia menusuknya, dan dia berteriak dalam kemenangan. Dia merasakannya, baik-baik saja. Tidak dapat memikirkan hal lain selain panas yang keras dan meleleh dari pria itu yang bergerak di dalam dirinya, lebih dalam dari yang dia bayangkan, me ngisinya...

Tangannya kembali ke klitorisnya, membelai dengan irama yang sama dengan dorongannya. Lambat dan mantap, seperti detak jantung alam semesta. Alam semesta, karena tidak ada yang lain selain dia dan dia, dan sensasi dari apa yang dia lakukan padanya.

Dia begitu larut dalam kenikmatan sentuhannya, baik di dalam maupun di luar, sehingga dia hampir tidak merasakan orgasme yang membangun sampai perasaan itu begitu besar, dia tidak berdaya untuk menghentikannya. Hal itu menghanyutkannya dalam gelombang kebahagiaan, dan yang dapat dia lakukan hanyalah meneriakkan namanya, berulang-ulang, karena tidak ada ruang untuk orang lain selain Dunstan dalam pikirannya, sementara dia merasuki tubuhnya dengan begitu sempurna.

# Tiga Puluh Tujuh

Sinar matahari masuk melalui jendela kamar Anemone saat ia membuka matanya keesokan paginya. Sejenak, ia bertanya-tanya apakah ia telah memimpikan semuanya, tetapi ia tahu bahwa ia tidak bermimpi. Di antara ketelanjangannya, tangan batu yang menangkup dadanya dan tangan batu yang lain melingkar di pinggulnya, tidak dapat disangkal: Morgan telah mati, dan dia baru saja melakukan hubungan seks terbaik dalam hidupnya dengan gargoyle.

Dia mencoba untuk mendorong tangan pria itu agar dia bisa bangun, tetapi tangan itu tidak mau bergerak. Sebaliknya, dia harus menggeliat keluar dari genggamannya, hanya untuk menemukan bahwa dia telah berbagi tempat tidur dengan sebuah patung yang sebenarnya.

Butuh beberapa saat baginya untuk mengingat apa yang pernah dikatakannya tentang sinar matahari - bagaimana sinar matahari mengubahnya menjadi batu, seperti gargoyle di atap.

Apakah dia telah membiusnya, dengan memintanya untuk tidur bersamanya? Dia tidak akan pernah memaafkan dirinya sendiri jika dia melakukannya.

Ia berpikir sejenak, kemudian meraih selimut dan melemparkannya ke atas tubuhnya. Selanjutnya, ia menutup tirai, sehingga sinar matahari tidak lagi menerpa tempat tidurnya.

Di suatu tempat di dalam rumah, sebuah telepon berdering.

Anemone mengumpat, meraih jubah untuk disampirkan di pundaknya sambil berlari ke arah suara itu.

Tentu saja, panggilan tersebut masuk ke kotak suara sebelum ia menemukan ponselnya. Dan itu adalah nomor yang tidak dikenal, jadi dia tidak bisa menelepon balik.

Dia memegang telepon di depannya, menatapnya, berharap mereka menelepon kembali.

Seseorang mulai menggedor pintu depan rumahnya.

Dia menarik jubahnya dengan benar, mengikatnya erat-erat di pinggangnya, dan pergi ke pintu. "Siapa itu?" panggilnya. Hanya Catena yang memiliki kunci pintu depan, jadi itu pasti...

"Ini polisi, Dr. Seaver. Tetangga Anda baru saja berangkat kerja, jadi dia mengizinkan kami masuk."

Yah, itu menyebalkan. Tidak mungkin dia membuka pintu hanya dengan jubahnya jika mereka ada di sini. "Beri aku waktu sebentar untuk berpakaian, dan aku akan segera kembali," katanya.

Tempat tidurnya kosong ketika dia sampai di kamar tidur, meskipun selimutnya tergeletak di tumpukan di samping dinding, bukan di atas tempat tidur, tempat dia meninggalkannya. Dunstan pasti baik-baik saja, meskipun terpapar sinar matahari.

Dia segera mengenakan pakaian pertama yang dia temukan, lalu kembali ke pintu depan untuk mempersilakan polisi masuk.

"Bolehkah kami masuk?" tanya salah satu dari mereka.

Ia ingin mengatakan tidak, tapi ia juga tidak ingin berbicara dengan mereka di luar saat pendaratan. Anemon menghela napas. "Baiklah."

Dia memimpin jalan menuju dapur. Sementara mereka mengatakan apa pun yang ingin mereka katakan, setidaknya dia bisa membuat kopi. Bahkan mungkin sarapan.

Sebuah kicauan menarik perhatiannya ke sudut, di mana Lucky duduk dengan penuh harap di samping mangkuknya yang kosong. Benar. Kucing itu juga butuh sarapan.

Kedua petugas itu duduk di kursi bar, dan kemudian hanya duduk di sana, diam memperhatikan, sementara Anemone memberi makan kucing dan membuatkan kopi.

Akhirnya, untuk memecah keheningan, ia berkata, "Apakah kamu mau?" dan menunjuk ke arah kopinya.

Mereka berdua menggelengkan kepala.

Dia dengan cepat kehilangan kesabaran dengan keduanya. "Apakah Anda di sini untuk memberi tahu saya bahwa suami saya sudah meninggal? Karena aku sudah tahu. Pertama, semua orang selamat kecuali dia. Kemudian, petugas koroner menyatakan dia sudah meninggal. Dan kemarin, ketika saya sedang bekerja, kami menemukan perahu dengan mayatnya masih di dalamnya. Kerangkanya, masih mengenakan bajunya, karena tidak banyak yang tersisa dari dirinya setelah hampir satu tahun berada di dalam air..." Air mata memenuhi matanya, hampir saja jatuh, tetapi dia mengusapnya. Dia tidak akan menangis di depan dua orang asing ini.

Kedua pria itu saling bertukar pandang. Akhirnya, salah satu dari mereka berkata, "Saya Detektif Rasul, dan ini Detektif Nunzio. Kami turut berduka cita atas kehilangan Anda dan menyesal harus mengganggu Anda di saat yang sulit seperti ini, tapi kami ingin tahu apakah Anda mengenali ini."

Dia mengeluarkan sebuah tablet, menggulir ke sesuatu, lalu mengangkat layarnya sehingga dia bisa melihatnya. Itu adalah sebuah dinding, dengan huruf-huruf merah yang dicoret-coret dengan lipstik:

BERITAHU KAMI DI MANA DIA BERADA JIKA ANDA TIDAK INGIN MENEMUI NASIB YANG SAMA

Anemon berkedip.

"Saya tidak mengerti."

Rasul mengambil kembali tablet itu. "Begitu juga dengan perawat yang membeli rumah lama Anda. Dia pulang dari shift malam di rumah sakit dan menemukan ini."

Itulah mengapa dia tidak mengenalinya. Itu adalah dinding ruang santai, yang telah ditutupi dengan rak buku ketika Anemone dan Morgan tinggal di sana.

"Saya masih belum mengerti."

"Entah bagaimana, perahu yang Anda temukan bocor ke media. Untungnya, kami berhasil merahasiakan berita tentang mayat suami Anda dan barang-barang lain di dalam perahu untuk saat ini, tapi sepertinya ada seseorang yang melihat berita itu dan datang untuk mencari Anda. Atau dia, jika mereka pikir dia masih hidup."

Perawat yang malang itu. Setidaknya dia tidak ada di rumah saat mereka datang ke rumahnya. Jika mereka datang kemari, Dunstan akan menghajar mereka sampai babak belur demi melindunginya. Yah, mungkin, jika mereka tidak datang saat mereka... sibuk.

Pikirannya kembali pada apa yang dikatakan oleh detektif itu. "Barang apa lagi?" Dia belum melihat mayat lain, tapi melihat mayat Morgan sudah cukup buruk. Ini tidak seperti dia mencari orang lain...

"Apa yang Anda ketahui tentang obat-obatan terlarang, Dokter Seaver?"

Dia mengembuskan napas. "Um, bahwa mereka ilegal? Dengar, saya tahu saya memiliki latar belakang di bidang kimia, yang berarti semua orang mengira saya hanya satu keputusan buruk dari *Breaking Bad*, tetapi gelar PhD saya adalah di bidang korosi laut, dan pekerjaan saya adalah konservasi artefak untuk museum di mana saya adalah salah satu asisten kurator. Satu-satunya hal yang saya ketahui tentang obat-obatan terlarang adalah bahwa mereka buruk."

"Apakah Anda tahu bahwa suami Anda terlibat dalam perdagangan obat terlarang?"

Anemone tertawa terbahak-bahak. "Morgan? Kamu pasti tidak serius. Dia bahkan tidak mau minum parasetamol untuk sakit kepala, dia sangat anti obat. Maksudku, ibunya meninggal karena overdosis obat yang tidak disengaja. Dan tidak, itu bukan obat-obatan terlarang. Dia dan ayah Morgan mengalami kecelakaan mobil, dan dia memiliki resep obat pereda nyeri, yang secara tidak sengaja membuatnya overdosis. Ayah Morgan menemukannya dan... yah, aku membayangkan kau tahu dia merasa bertanggung jawab atas kecelakaan itu, dan kematiannya, dan dia tidak ingin hidup tanpanya, dan obat penghilang rasa sakitnya masih tersisa..." Anemone menelan ludah. "Morgan sangat terpukul. Itu sebabnya dia tidak mau minum apa pun, untuk berjaga-jaga. Jadi sama sekali tidak mungkin dia berhubungan dengan narkoba, baik legal maupun ilegal."

Mereka saling bertukar pandang. "Kalau begitu, bisakah Anda menjelaskan ini?" Menggesekkan tablet lagi, dan gambar baru muncul di layar. Kali ini, gambar tersebut menunjukkan sekumpulan kotak logam, duduk terbuka di atas meja.

"Kotak-kotak itu ada di dalam kabin kapal bersama mayat Morgan," kata Anemone perlahan. "Tapi tidak mungkin dia setuju untuk mengangkut narkoba. Dia menggantikan Janus Smith, pemilik kapal *Perfect Catch*, yang sedang sakit dan tidak bisa mengambil sewa kapal, jadi dia meminta Morgan untuk melakukannya untuknya. Jika Morgan tahu ada narkoba di dalam kotak-kotak itu... dia tidak akan pernah naik ke kapal itu."

"Itu adalah sabu-sabu. Nilai jual tangkapan sebesar ini lebih dari sepuluh kali lipat dari harga kapal, atau setidaknya dari pembayaran asuransi."

Anemone mengangkat bahu. "Saya tidak tahu apa-apa tentang itu. Itu bukan kapal Morgan, atau kapal saya. Jika diasuransikan, itu urusan Janus, bukan urusan kita."

"Dokter Seaver, apakah suami Anda punya musuh?"

"Tidak! Dia adalah orang yang baik hati dan ramah, bersedia membantu siapa pun, termasuk melayarkan kapal sewaan Janus yang berkarat untuknya saat pria itu terlalu pelit untuk mempekerjakan staf untuk menggantikannya. Saya tidak bisa memikirkan siapa pun yang tidak menyukai Morgan. Dia... luar biasa." Sekarang dia menangis lagi, dan kali ini dia tidak bisa menghentikannya. Menangis di dalam kopinya, tidak kurang.

"Dokter Seaver, apakah Anda sudah melihat jenazahnya dari dekat?"

Anemone memejamkan matanya. Dia memiliki rekaman video penyelaman tersebut, tetapi dia tidak perlu mengunduh satu detik pun dari rekaman tersebut, ketika semuanya diputar berulang-ulang di dalam pikirannya. "Dia tertelungkup, mengenakan kemeja yang saya belikan untuknya, di lantai di bawah konsol. Ketika saya mencoba menariknya keluar, kepalanya se pertì... hancur berkeping-keping..." Persis seperti mayat-mayat *Batavia.* Dipukuli sampai mati oleh teman sekapal mereka sendiri...

Para detektif mengangguk-angguk, seperti ini adalah hal yang baik. "Retak tengkorak, kemungkinan besar penyebab kematiannya, meskipun tidak mungkin untuk memastikannya, setelah sekian lama di dalam air."

Seseorang memukulnya. Seseorang memukulnya di bagian belakang kepala ketika dia mengetahui tentang narkoba, dan menolak, atau mengancam akan memanggil polisi. Karena Morgan tidak akan pernah tinggal diam.

Dan jika para pengedar narkoba percaya bahwa dia masih hidup, dan tahu di mana obat-obatan mereka yang hilang berada...tidak heran mereka mencarinya.

Tapi di alamat lama mereka, yang mereka tinggalkan setahun yang lalu, untuk pindah ke sini.

Hanya masalah waktu saja sebelum mereka menemukan kesalahan mereka, dan mengejarnya.

Atau lebih buruk lagi, menyakiti perawat malang yang tidak ada hubungannya dengan semua ini.

"Dokter Seaver..."

Dia mencengkeram bangku, dalam upaya untuk menghentikan dirinya agar tidak bergoyang. Ini terlalu berlebihan, di pagi hari, bahkan sebelum dia menghabiskan secangkir kopi pertamanya. Terutama setelah semua yang telah terjadi kemarin.

"Dokter Seaver, ini kartu nama saya. Jika Anda memikirkan sesuatu yang penting, tentang suami Anda, atau kapal, atau apa yang Anda lihat di kapal kemarin, tolong hubungi kami. Dan tolong jangan meninggalkan kota, untuk berjaga-jaga jika kami punya pertanyaan lagi."

Mereka bangkit untuk pergi.

Tawa histeris pun meledak. "Kemana aku harus pergi? Semua perbatasan ditutup untuk menahan virus bodoh ini. Bahkan jika saya mau, hidup saya, rumah saya, bahkan mayat suami saya, semuanya ada di sini. Jika Anda menemukan sesuatu tentang orang-orang yang membunuh suami saya, Anda akan menemukan saya di sini."

"Kami turut berduka cita atas kepergian Anda, Dokter Seaver. Kami akan melihat diri kita sendiri."

Sebenarnya, dia melihat mereka keluar, dan setelah dia menutup pintu dengan kuat di belakang mereka, dia juga menguncinya. Tidak bisa terlalu berhati-hati, dengan adanya pengedar narkoba yang mematikan.

# Tiga Puluh Delapan

Sebuah pesan dari Emily memberitahunya bahwa mereka tidak akan menyelam sampai polisi selesai mengangkat perahu, jadi dia tidak akan dibutuhkan hari ini. Anemone mempertimbangkan untuk menelepon sakit untuk bekerja, tetapi dia tidak tahan duduk-duduk di rumah dengan pikirannya yang kacau, jadi dia berganti pakaian kerja dan pergi ke penjara.

Beth sangat senang melihatnya, dan segera menyuruhnya membuat katalog artefak yang dibawa oleh para arkeolog pada hari Jumat. Pekerjaan ini cukup mudah dilakukan tanpa membutuhkan banyak pemikiran, namun pada saat yang sama membutuhkan fokus yang cukup untuk menjaga pikirannya agar tidak mengembara ke hal-hal lain yang tidak ingin ia pikirkan. Perahu dan mayat, sebagai permulaan.

Matahari mulai turun di balik awan badai yang mendekat saat Anemone berjalan pulang, memberinya cukup waktu untuk memanaskan sesuatu untuk makan malam sebelum Dunstan muncul, terlihat hidup seperti biasanya, dan seolah-olah dia tidak berubah menjadi patung di tempat tidurnya pagi itu.

Dia tampak seperti pria seksi yang bercinta dengannya tadi malam. Jika dia memejamkan matanya, dia masih bisa merasakannya...

Tapi dia tidak bisa memikirkan hal itu sekarang. Dia harus memberitahunya tentang pembunuhan Morgan, dan hal-hal lain yang telah diberitahukan oleh polisi.

Di sela-sela suapan kari hijau dan nasi (yang dibuat dengan slow cooker pada hari Minggu), dia menceritakan semuanya. Saat dia selesai, hanya ada beberapa butir nasi yang menempel di sisi mangkuknya, dan sebotol anggur yang dia buka untuk diminum sudah habis.

"Satu-satunya hal yang saya tahu pasti adalah bahwa Morgan tidak akan pernah berhubungan dengan penyelundupan narkoba. Jadi, jika seseorang membunuhnya, itu karena hal itu."

Tidak seperti polisi, Dunstan hanya mengangguk. Setidaknya dia mempercayainya.

"Menurut saya, orang-orang yang memiliki jawaban adalah para penyelundup yang berada di kapal bersamanya. Orang-orang yang diselamatkan. Dan mungkin pemilik kapal, karena dialah yang disewa untuk mengangkut narkoba sejak awal," kata Dunstan.

Anemone merentangkan tangannya lebar-lebar. "Tapi apa yang bisa saya lakukan? Polisi mungkin sudah berbicara dengan mereka, atau akan segera, dan siapa pun yang menulis ancaman di dinding itu bersungguh-sungguh untuk saya. Saya tidak akan menemui mereka dan membuatnya mudah bagi mereka. Maksud saya, jika mereka membunuh Morgan, tidak ada yang bisa menghentikan mereka untuk melakukan hal yang sama pada saya... terutama jika mereka menginginkan narkobanya, yang sudah dimiliki oleh polisi."

"Kamu tidak perlu melakukan apa-apa. Sekarang, hal pertama yang harus Anda laku kan... Anda berasumsi bahwa ini adalah pembunuhan, tapi bagaimana jika mereka tidak bermaksud membunuhnya? Terutama jika mereka pikir dia masih hidup. Mungkin mereka berkelahi, dan salah satu dari mereka mendapat pukulan yang cukup keras yang membuatnya terjatuh dan kepalanya terbentur saat jatuh. Dia bahkan mungkin berdiri dan tampak baik-baik saja. Saya pernah melihatnya sebelumnya, orang-orang berkelahi dan kemudian berjalan kembali ke penginapan mereka, hanya untuk ditemukan tewas di tempat tidur mereka di pagi hari. Mungkin kematiannya adalah sebuah kecelakaan."

Anemon menelan ludah. "Pembunuhan, bukan pembunuhan, tapi itu tidak membuatnya benar. Morgan seharusnya tidak mati."

Dunstan memiringkan kepalanya. "Setuju. Mungkin teman sekapalnya membawa barang selundupan itu ke atas kapal tanpa memberitahukan apa yang dibawanya. Mungkin tidak ada yang tahu kecuali orang yang membawa kotak-kotak itu, dan suamimu menemukannya." Dia membalikkan tangannya. "Atau ... mungkin mereka semua tahu. Teman-teman sekapalnya, pemiliknya, semua orang kecuali suamimu."

Anemone menganggguk perlahan.

"Artinya, orang yang paling tepat untuk ditanya adalah pemilik kapal."

Anemone mulai tertawa. "Kamu tidak tahu Janus. Dia licin seperti ember berisi belut, dan serakah. Dia memohon agar perahunya diikut-sertakan dalam proyek PhD saya, hanya agar dia bisa mendapatkan cat anti-korosi gratis untuk ember karatnya, dan kemudian ketika saya melihatnya dan memilih perahunya sebagai kontrol saya, perahu yang tidak memiliki lapisan, karena sudah lama sekali tidak mendapatkan lapisan baru sehingga mungkin lebih baik tidak memilikinya, dia langsung mengamuk. Dia membenci saya sejak saat itu. Lucu, karena saya bergaul dengan istrinya, Lucy, dengan sangat baik, tetapi saya belum pernah bertemu dengannya sejak mereka bercerai."

"Berapa biaya yang harus dikeluarkan untuk menyewa kapalnya selama satu malam, seperti yang dilakukan para penyelundup itu?"

Anemone mengangkat bahu. Dia tidak pernah membutuhkan piagam, apalagi dengan adanya Penyihir *Laut*. Kalaupun dia membutuhkannya, semua orang di klub kapal pesiar itu berhutang budi pada Morgan, jadi dia hanya perlu memin ta...

"Anda mungkin tidak perlu menyewa seluruh kapal. Janus menjalankan penyewaan memancing di malam hari, yang hanya beberapa ratus dolar per orang. Jika Anda bergabung dengan salah satu dari mereka, Anda tidak perlu menyewa seluruh kapal."

Dunstan tampak ngeri. "Dua ratus dolar untuk berlayar semalam?"

Ah. Inflasi telah banyak mengubah harga sejak Dunstan masih kecil. "Saya yakin saya berhutang sebanyak itu dan lebih banyak lagi untuk memperbaiki plafon saya. Aku akan mengambil uang tunai di pagi hari, dan mencari tahu kapan sewa berikutnya. Hanya saja... tolong berhati-hati, oke?"

Dunstan menyeringai. "Kamu tidak perlu mengkhawatirkanku. Jika dia mencoba meninjuku, tangannya yang akan patah, bukan kepalaku, aku janji. Dan jika saya melayangkan beberapa pukulan saya sendiri..." Dia terlihat sangat gembira dengan prospek tersebut.

Anemone hanya merasa sakit. "Tolong, jangan. Sudah cukup banyak kekerasan. Saya tidak ingin ada orang lain yang terluka. Saya hanya ingin tahu bahwa siapa pun yang membunuh Morgan akan dipenjara, semoga untuk waktu yang lama, dan mereka tidak akan mengejar saya, atau siapa pun."

Dia menundukkan kepalanya. "Jangan khawatir. Saya adalah pelindung tersumpah Anda, dan saya akan melakukan apa pun yang diperlukan untuk membuat Anda tetap aman."

Dan hal itu membuatnya lebih khawatir dari sebelumnya.

# Tiga Puluh Sembilan

Dunstan baru saja berada di atas kapal *Catch of the Day* selama lima menit, dan dia sudah tahu bahwa sang kapten, Janus Smith, lebih mencintai uang daripada apa pun di dunia ini, bahkan kapalnya. Orang-orang lain di kapal tampaknya tidak menyadari penyok dan noda karat yang menandai gudang senjata, atau mungkin karena terlalu gelap sehingga mereka tidak bisa melihatnya.

Tapi mereka menyerahkan uang mereka dengan mudah. Saat mereka mengulurkan kartu plastik ke mesin yang berbunyi di tangan Janus, dia mengerutkan kening, tapi saat mereka mengeluarkan uang tunai, senyumnya sedikit melebar. Dunstan enggan menyerahkan begitu banyak uang kepada pria itu, tapi ini perlu untuk membalaskan dendam suami Anemone... dan menjaganya tetap aman, katanya dalam hati sambil memaksa diri untuk berpisah dengan harta yang diberikan Anemone.

Janus hanya menerimanya dengan anggukan dan mengantongi uang kertas itu, seolah-olah dia melakukan hal ini setiap hari. Mungkin memang begitu, dan perahu yang sudah usang itu menunjukkan betapa kayanya pria itu. Tapi jika dia mendapatkan kekayaan itu dengan mengorbankan nyawa suami Anemone...

Dunstan mengepalkan tinjunya. Jika kecurigaannya terbukti benar, dia akan menghancurkan kapal ini seperti yang dia lakukan pada kapal wankers. Dia membuat catatan mental untuk bertanya pada Anemone apa itu wankers.

"Duduklah, minum bir, dan buatlah diri Anda nyaman. Kita akan pergi ke salah satu tempat memancing rahasia favorit saya, sebelum kita melepaskan beberapa kail dan melihat apa yang kita tangkap. Kemudian kita akan pindah ke tempat lain, dan mungkin tempat ketiga sebelum malam tiba. Kami akan melakukan trolling dengan kecepatan tinggi di antara titik-titik tersebut, dan melihat apakah kami bisa mengaitkan satu atau dua ikan wahoo di sepanjang perjalanan." Janus membuka sebuah peti biru, berisi es dan kaleng, dan mulai melemparkan kaleng-kaleng itu ke setengah lusin orang yang berkumpul di deknya.

Yang lain membuka minuman mereka, tapi Dunstan tidak peduli. Lagipula, dia tidak akan meminumnya. Sebaliknya, dia berpura-pura meneguk dari kaleng yang tertutup, menertawakan lelucon para pria lain, meskipun dia tidak mengerti setengah dari lelucon itu.

Akhirnya, mereka membuang sauh, dan Janus berkeliling di sekitar geladak, memberikan tips kepada para pria saat mereka mengayuh pancing untuk mencari ikan.

Dunstan menangkap beberapa ikan sambil menunggu, memotong leher mereka dan melemparkannya ke dalam kotak yang ditunjukkan Janus untuk menyimpan hasil tangkapannya, sampai akhirnya Janus menghampirinya.

"Apakah kamu sudah menangkap sesuatu?" Janus bertanya, sambil memeriksa tekel Dunstan.

Dunstan mengangkat bahu. "Tiga sejauh ini. Saya tidak terlalu tertarik untuk memancing, lebih tertarik untuk berlayar di malam hari. Saya tidak punya banyak waktu untuk pergi keluar, seperti dulu, dengan daftar pekerjaan saya." Dia dan Anemone telah menyusun sebuah cerita penyamaran untuknya, yang dengan patuh dihafalkannya, meskipun dia merasa sulit untuk mempercayainya. "Kali ini ketika saya pulang ke rumah, saya mendapati istri saya telah mengusir saya. Tinggal bersama orang lain. Jadi saya agak bingung sampai saya menemukan tempat tinggal baru, atau sampai rotasi berikutnya dimulai."

Janus mengangguk. "FIFO, kan? Ya, itu sulit. Maksudku, bekerja sepanjang hari, dan melakukan yang terbaik untuk keluargamu, hanya untuk mendapati wanita jalang itu memusuhimu saat kau pulang? Aku tahu bagaimana rasanya. Saya biasa melakukan banyak pekerjaan selama seminggu untuk para pekerja tambang, sama seperti Anda, dan kemudian suatu hari, dia pergi meninggalkan saya. Dia bersumpah tidak ada pria lain, tapi pasti ada, kau tahu? Dia tidak pernah bekerja sehari pun dalam hidupnya sejak anak pertamanya lahir, dan ada tiga anak. Seseorang harus membayar biaya sekolah mereka dan sebagainya. Dan Pengadilan Keluarga itu, sekelompok penjahat yang berpura-pura menjadi pengacara, jika kau bertanya padaku. Mereka membersihkan saya dan hampir mengambil perahu saya. Memberikan semuanya kepadanya - uang yang saya hasilkan, bekerja keras, sementara dia duduk-duduk saja sepanjang hari, menonton film kartun bersama anak-anak." Janus menggelengkan kepalanya.

Di dunia manakah wanita tiba-tiba dicaci maki karena mengurus anak-anak mereka? Dunstan ingin sekali bertanya lebih banyak pada pria itu, tapi dia tidak berani. Anemone akan menjelaskannya nanti, dia berharap.

"Sekarang dia mengharapkan saya untuk mengasuh anak-anak di akhir pekan - bahkan meminta pengadilan untuk menuliskannya ke dalam perjanjian perceraian! - Jadi dia bisa selingkuh dengan pria misterius yang selalu dia katakan tidak tidur dengannya. Saya katakan padanya bahwa saya tidak bisa menemani mereka di malam hari, karena saya bekerja malam, memancing di malam hari, tapi itu tidak menghentikannya. Dia mengantarnya di pagi hari, dan menjemputnya di malam hari. Saya tidur selama sebagian besar waktu itu, kecuali ketika anak-anak bermain terlalu keras. Lalu saya meneriaki mereka sampai mereka diam. Saya tidak tahu apa yang dia rengekkan, mengurus anak-anak tidaklah sulit. Seolah-olah hanya duduk-duduk saja, mengawasi mereka dan tidak melakukan apa-apa, bukankah itu yang membuat pantatnya menjadi besar." Janus menepuk-nepuk hidungnya. "Kau tahu apa? Aku sudah memperbaikinya. Pengadilan mengatakan bahwa saya harus memberinya sebagian dari penghasilan saya, untuk menghidupi dia dan anak-anak, seolah-olah kami masih menikah, tapi itulah sebabnya saya melakukan begitu banyak penyewaan malam. Anda tahu, ketika Anda membayar tunai, saya dapat menyimpannya di luar pembukuan, dan jika tidak tercatat di pembukuan, maka saya tidak berutang apa-apa padanya."

Dunstan merasa mual, yang merupakan hal yang cukup hebat bagi seorang gargoyle yang bahkan tidak yakin bahwa ia memiliki perut, apalagi sesuatu yang bisa dimuntahkan. Alasan ini membuat pria itu ingin meninggalkan istri dan anak-anaknya, alih-alih mendukung mereka, seperti yang akan dilakukan pria terhormat mana pun. Dia ingin meninju pria itu, tapi demi Anemone, dia tidak bisa.

Dia memaksa dirinya untuk mengangguk. "Pintar sekali. Pacar saya bilang dia hamil, dan kami akan menikah, lalu ketika saya kembali... dia menikah dengan pria lain dan mengatakan bahwa bayinya adalah anaknya!"

Janus hanya menggelengkan kepalanya. "Jalang. Jika si idiot lain percaya pada pelacur pembohong dan penipu itu, tanpa tes DNA, maka dia pantas mendapatkannya. Kau lebih baik tanpa dia, kawan. Ini, begini saja. Kapanpun kamu ingin kembali memancing di malam hari, dan kamu membayar tunai, aku akan memberimu diskon sepuluh persen."

Pembuka yang sempurna untuk apa yang perlu dia tanyakan. "Bagaimana jika saya datang setiap malam, sampai saya kembali ke lokasi? Maka saya tidak perlu mencari tempat tinggal lagi."

Janus mengerutkan keningnya. "Yah, saya melakukan penyewaan seperti ini hampir setiap malam, tapi sesekali saya melakukan penyewaan pribadi. Seperti pesta bujangan. Aku tidak bisa mengajakmu keluar pada malam-malam seperti itu."

"Bagaimana jika Anda memberi tahu mereka bahwa saya adalah dekker Anda?" Dunstan bertanya dengan penuh semangat. "Saya akan tetap membayar Anda dengan jumlah yang sama. Mereka tidak perlu tahu."

Dia bisa melihat roda berputar di dalam otak pria itu. Uang tambahan dan sepasang tangan gratis untuk membantunya? Bajingan serakah itu tidak mungkin menolaknya.

"Baiklah," kata Janus perlahan. "Tapi kamu harus menunjukkan padaku bahwa kamu tahu cara mengemudikan kapal sebelumnya. Jadi kamu bisa lulus sebagai juru mudi."

Dunstan menganggguk dengan penuh semangat, berjanji untuk menjadi seorang pembelajar cepat yang akan melakukan semua yang diminta darinya. Yah, sampai dia tidak melakukannya, tentu saja, tapi Janus tidak perlu tahu itu.

Mereka kembali ke pelabuhan saat garis-garis fajar mulai mewarnai langit.

Dunstan bergegas pulang untuk memberikan kabar baik kepada Anemone.

# Empat Puluh

Anemone tidak bisa tidur. Di antara mimpi buruk tentang tubuh Morgan, atau dirinya sendiri yang tersesat di laut, atau terbangun dengan panik karena dia mengira dia mendengar suara yang mungkin berasal dari Lucky atau rumah yang sedang berantakan... seandainya Dunstan ada di rumah, dia mungkin akan membujuknya untuk memberinya malam yang menyenangkan, tetapi dia sedang pergi mencari informasi dengan Janus.

Matahari bahkan belum terbit ketika ia akhirnya menyerah dan memutuskan untuk pergi bekerja lebih awal. Ia tetap tidak bisa tidur.

Namun ketika dia melangkah keluar dari pintu depan, dia melihat kafe di seberang jalan menyala, dengan pintu terbuka lebar dan aroma yang paling menakjubkan tercium sampai ke hidungnya.

Kopi dan muffin.

Dia sudah berada di dalam bahkan sebelum dia memutuskan bahwa dia menginginkannya. Namun ketika dia melihat nampan berisi muffin, dia menginginkan semuanya.

"Selamat pagi!" ujar wanita di balik meja kasir.

Anemone tidak bisa mengalihkan pandangannya dari muffin. "Salah satu... semuanya, tolong. Dan kopi. Flat white hari ini, yang besar." Dia mendongak untuk menatap mata wanita itu, dan mengenalinya. "Oh, Tacey, kan?"

Tacey menyeringai. "Ya, dan saya mungkin harus menanyakan nama Anda, bukan hanya agar saya bisa memanggil Anda saat kopi Anda siap, tapi agar saya tidak memanggil Anda Muffin Addict di kepala saya."

"Ketika muffinnya seenak milik Anda, ketagihan tidak bisa dihindari," kata Anemone. "Tapi nama saya Anemone."

"Seperti karang?"

Itulah yang dikatakan Morgan saat mereka pertama kali bertemu. Sedikit rasa sedih mencengkeram hatinya, namun ia menepisnya. "Ya, seperti karang. Atau bunga-bunga. Ibuku mengira bunga-bunga itu sangat cantik, sampai dia tahu bahwa bunga-bunga itu beracun. Makhluk laut itu tidak lebih baik, meskipun - itu berbisa, terkait dengan ubur-ubur." Hal itu membuatnya terdengar mengerikan. Untuk pertama kalinya, Anemone bertanya-tanya apakah ibunya tidak begitu menyukainya.

Tacey hanya terlihat tertarik. "Jadi, kamu lebih mirip bunga atau karang? Jangan gigit aku atau aku akan membunuhmu, atau mendekatlah agar aku bisa memakanmu!"

Anemon ragu-ragu. Tidak ada yang terdengar seperti dirinya. "Yah, aku tidak terlalu suka meng gigit..."

Tacey menganggguk. "Karang, kalau begitu. Kamu bisa melihat, tapi tidak bisa menyentuh."

Kecuali jika Anda memiliki kulit yang terbuat dari batu hidup, seperti Dunstan. Anemon menghela nafas. Dia akan menemuinya malam ini, setelah matahari terbenam. Lalu dia bisa menceritakan semua tentang perjalanan memancingnya.

"Oh, dan berbicara tentang penampilan... kami memiliki seorang seniman yang tinggal di malam hari sekarang. Dia cukup berbakat. Anda bisa datang dan minta dibuatkan potret Anda, sambil minum kopi. Atau sambil makan muffin Anda. Atau keduanya!"

Anemone tertawa, dan berkata bahwa ia akan memikirkannya. Mungkin suatu malam saat Dunstan sedang keluar, dan dia tidak punya kegiatan lain. Atau dia bisa mengajak Lucky, dan memintanya menggambar kucing untuknya.

Dia mungkin harus menghubungi tempat penampungan, untuk mengatakan bahwa Lucky telah menetap menjadi kucing rumahan yang layak, dan dia siap untuk diadopsi.

Sebuah gumpalan mengganjal di tenggorokannya saat memikirkan hal itu. Dia tidak ingin kehilangan Lucky. Bagaimana jika... ia menghubungi tempat penampungan, dan mengatakan bahwa ia ingin mengadopsinya, bukan hanya mengasuhnya? Lagipula, dia sudah menamainya, dan Lucky dengan senang hati tinggal di apartemennya. Lebih baik lagi, dia sudah terikat dengan Dunstan, dan dia sering melihat Dunstan menepuk-nepuk kucing itu, jadi perasaan itu sudah jelas saling menguntungkan.

Mengambil kopi dan sekantong muffinnya, Anemone mengucapkan terima kasih kepada Tacey lagi dan pergi bekerja.

# Empat Puluh Satu

"Dia tidak pantas menjadi seorang ayah, memperlakukan anak-anaknya dan ibu mereka seperti itu," pungkas Dunstan.

Anemone menatapnya dengan serius, seperti masih memikirkan semua hal yang dikatakannya. "Namun kita masih memberinya uang, memberi makan keserakahannya. Bisa jadi ini hanya pesta bujangan, seperti yang dia katakan, sama sekali bukan perjalanan penyelundupan. Orang-orang sering menyewa kapal, dan perjalanan memancing dengan anak-anak adalah hal yang biasa dilakukan, tidak ada yang berpikir dua kali untuk melakukannya."

"Awalnya saya juga tidak yakin tentang hal ini, tetapi semakin banyak ia membicarakannya...Ma ksud saya, awalnya ini hanya penyewaan pribadi, tanpa tamu lain yang diizinkan, dan kemudian ia mulai mengatakan hal-hal tentang bagaimana mereka pergi ke lepas pantai untuk memancing di tempat ini, jadi ada peluang lebih baik untuk menangkap ikan terbaik. Saat itu dia sudah minum banyak bir, jadi mungkin saya tidak mendengar dengan jelas, tetapi dia mengatakan bahwa ada lebih banyak keuntungan di belakang Rottnest daripada di tempat pemancingan darat lainnya. Saya tidak tahu bagaimana rasanya sekarang, tetapi pada zaman saya, menyelundupkan ikan jauh lebih baik daripada memancing, selama Anda tidak tertangkap. Jika Anda tertangkap, Anda akan digantung."

Anemon bergidik. "Masa-masa biadab. Syukurlah semuanya telah berubah. Sekarang para penyelundup hanya dipenjara, seperti penjahat lainnya. Tidak ada yang lebih kejam dari hukuman gantung atau kerja paksa atau... tahukah Anda bahwa ada hukuman cambuk di penjara? Salah satu koleksi museum ini adalah tiang cambuk jarrah asli yang digunakan untuk mengikat para tahanan sebelum mereka dicambuk. Pria... dan terkadang bahkan anak-anak!"

Waktu benar-benar telah berubah jika hal-hal seperti itu tidak lagi terjadi. Dunstan ingat gigitan cambukan itu, tetapi dia tidak berani menceritakannya. Sebaiknya dia tidak tahu bahwa keringat dan darahnya sendiri telah membasahi tiang cambuk yang dicaci makinya.

"Baiklah, saya akan ikut dengan piagam pribadi ini, untuk melihat apakah saya benar atau tidak. Skenario terbaiknya, saya bisa melihat para penyelundup beraksi, dan kita bisa menyusun rencana untuk mengadukan mereka."

Anemone masih terlihat tidak senang. "Baiklah."

# Empat Puluh Dua

Setelah seminggu cemas tentang Dunstan yang akan melakukan perjalanan dengan perahu yang bisa jadi merupakan pengiriman obat, Anemone siap menciumnya ketika dia pulang.

Kecuali... berita itu tidak bagus. Setelah Janus berlayar melewati Rottnest, dia bertemu dengan kapal lain. Mereka memindahkan sejumlah kotak, seperti yang ditemukan polisi bersama mayat Morgan, dari kapal lain ke *Catch of the Day*, sebelum berlayar kembali ke Fremantle sebelum fajar menyingsing.

Mereka membutuhkan rencana, dan ide pertama Dunstan - menenggelamkan kedua kapal dengan semua orang di dalamnya, seperti yang telah mereka lakukan pada Morgan - bukanlah sesuatu yang dapat diterima oleh Anemone.

"Hukuman mati sudah tidak dilakukan lagi sekarang ini. Orang-orang membayar kejahatan mereka, mereka tidak mati untuk mereka. Polisi harus menangkap mereka, dengan bukti yang cukup untuk menghukum mereka. Anda tidak bisa membunuh mereka begitu saja," Anemone mencoba menjelaskan, tetapi Dunstan tidak mengerti.

"Saya tidak mengerti. Bagaimana Anda mengharapkan saya menghubungi polisi dari jauh di lepas pantai, dan memastikan kapal-kapal itu masih ada di sana saat mereka tiba?" dia bersikeras. "Itu perahu, mereka bergerak. Maksud saya, jika itu adalah perahu layar, saya bisa meninggalkannya mati di air dengan berbagai cara. Jika saya mematahkan tiang layarnya, mereka tidak bisa berlayar ke mana pun. Jika saya mematahkan kemudi, atau mematahkan kemudi, mereka tidak bisa menyetir, tetapi dengan perahu motor ini, belum lagi sekoci dan tongkang, saya tidak tahu bagaimana cara menghentikannya. Saya bahkan tidak tahu cara kerja motornya."

Anemone mengangguk. "Tunggu... tadi kamu bilang melepas kemudi? Itulah yang dilakukan beberapa anggota klub kapal pesiar saat mereka berlayar ke marina lain, untuk menghentikan pencurian. Tentu saja, pencuri hanya perlu membawa roda cadangan dan mereka bisa mencuri apa pun yang mereka inginkan, tetapi jika mereka berada tiga puluh kilometer atau lebih di lepas pantai, roda cadangan akan jauh lebih sulit ditemuk an..."

Dunstan mengangguk. Itu yang bisa dia lakukan. "Tapi bagaimana dengan polisi? Bagaimana mereka bisa menemukannya?"

Anemone mempertimbangkan. Biasanya, dia akan mengatakan radio, karena setiap pelaut yang dia kenal bisa mengatur dasar-dasar radio, tapi Dunstan berasal dari masa sebelum radio ada. Belum lagi jika ada orang yang merekam panggilan daruratnya, mereka akan memiliki rekaman suaranya untuk dibandingkan dengannya nanti. Agar hal ini berhasil, Dunstan harus menjadi hantu, seseorang yang tidak ada. Cara termudah untuk mengirim panggilan marabahaya dari tempat yang jauh di lepas pantai itu adalah dengan menggunakan EPIRB, tetapi harus didaftarkan, yang berarti menghubungkannya kembali kepadanya, jika bukan Dunstan. Itu tidak akan pernah berhasil.

Morgan selalu menyimpan beberapa untuk berjaga-jaga, meskipun mereka jarang sekali pergi ke lepas pantai yang cukup jauh untuk membutuhkannya. Bahkan, dia pernah melihatnya di *Sea Witch*, dan membuat catatan mental untuk memeriksanya dan mendaftarkannya kembali, karena mereka akan segera memasuki usia dua tahun.

Tapi sampai dia melakukannya... suar yang mereka miliki sama-sama terdaftar atas nama Morgan. Dan hantu apa yang lebih baik daripada orang yang sudah mati?

"Saya mungkin tahu caranya," katanya perlahan. "Ini disebut EPIRB. Radio suar penunjuk posisi darurat. Alat ini akan aktif saat basah, atau Anda bisa membalik saklar untuk mengaktifkannya secara manual. Aku akan mengambil satu dari *Penyihir Laut* dan menunjukkannya padamu..."

Pada saat Anemone pergi tidur, dia dan Dunstan memiliki rencana yang mereka berdua yakini bisa berhasil. Mungkin. Dengan sedikit keberuntungan dan mungkin keajaiban.

Namun, hal itu tidak menghentikannya untuk tidak mengkhawatirkan apa yang akan terjadi.

# Empat Puluh Tiga

Dunstan tidak bisa mempercayai keberuntungannya. Semuanya berjalan persis seperti yang direncanakan Anemone. Dengan ombak yang lebih besar dari minggu sebelumnya, mereka telah menyatukan kedua kapal untuk mengangkut kotak-kotak itu melewati gunwales, membawanya ke palka, di mana Dunstan telah menunggu untuk menurunkan setiap penyelundup, satu per satu. Kemudian dia mengunci mereka di dalam palka.

Ketika kotak terakhir berada di atas kapal *Catch of the Day*, dia melumpuhkan Janus dan menguncinya di dalam jamban, sebelum menuju ke kapal lain untuk melakukan hal yang sama pada kru mereka. Tiga nelayan yang setengah kelaparan bukan tandingan satu gargoyle, dan dia segera menyuruh mereka berbaring di lantai palka, terkunci dengan hasil tangkapan mereka yang busuk.

Setelah itu, dia melompat ke laut untuk mengikatkan rantai jangkar, sehingga meskipun mereka berhasil melarikan diri dan melepaskan tali, mereka tidak akan pernah bisa melepaskan jangkarnya, apalagi memotongnya. Kedua roda dilemparkannya ke laut sambil kembali ke Janus.

Dunstan tahu apa yang dikatakan Anemone tentang tidak menginginkan kekerasan, tetapi apa yang tidak diketahuinya tidak akan menyakitinya. Selain itu, dia berhak mendapatkan jawaban tentang bagaimana suaminya meninggal.

Jadi dia mengikat Janus di tangga yang mengarah ke jembatan layang, lalu melemparkan seember air laut ke atasnya untuk membangunkannya. Pria itu bangun dengan tergagap-gagap.

"Apa... siapa kamu?"

Dunstan menyeringai. Alih-alih pekerja FIFO manusia, John Stan, dia memutuskan untuk menghadapi penyelundup dengan segala kemuliaan gargoyle-nya. Sayap, tanduk dan semuanya.

"Apakah kamu iblis? Apakah aku di neraka?"

Dunstan hanya menyeringai lebar.

"Saya tidak melakukan apa-apa! Saya hanya pengemudi! Saya mengemudikan perahu, dan membawa barang-barang ke pantai. Saya tidak ada hubungannya dengan apa yang terjadi pada mereka setelah saya mendaratkan barang tersebut."

Dia menggeleng-gelengkan kepalanya dengan liar. "Di mana John? Apa yang kau lakukan dengan John? Dia adalah penumpang, namanya tercatat di buku, saya akan mendapat masalah jika dia tidak kembali."

"Seperti Morgan Seaver yang tidak berhasil kembali?"

Janus menggelengkan kepalanya. "Saya tidak ada hubungannya dengan itu. Saya menderita gastro, oke? Saya tidak bisa menakhodai kapal ketika saya bahkan tidak bisa berdiri. Dia seharusnya membawa mereka keluar, dan kemudian kembali lagi. Itu saja. Bukan salah saya dia mencoba memanggil kapal kurir ketika dia melihatnya. Mereka membawanya keluar sebelum dia sempat melaporkan apa yang dia kira sebagai kapal penangkap ikan asing. Dia bahkan tidak pernah melihat kargo itu, ketika dipindahkan. Namun para penumpang... tak satu pun dari mereka yang dapat mengemudikan kapal, dan ketika mereka menabrak karang dalam perjalanan pulang, mereka harus naik ke kapal untuk menyelamatkan diri, sebelum kapal tenggelam. Baru kemudian mereka menyadari bahwa mereka kehilangan Morgan. Ketika kapal tongkang kehabisan bahan bakar, di tengah perjalanan kembali ke Fremantle, mereka melompat ke kapal dan menenggelamkannya, lalu menceritakan kepada kru penyelamat tentang bagaimana mereka memancing di lepas pantai Pulau Carnac, agar mereka tidak menemukan kapal dan mayatnya. Atau muatannya. Hanya ketika mereka mencoba kembali untuk menemukannya sendiri, mereka tidak bisa..."

Dia terus melakukan hal ini selama beberapa waktu. Ketika Dunstan yakin Janus tidak memiliki informasi baru untuk ditambahkan, dia memukul pria itu lagi, dan melemparkannya ke dalam palka bersama para penyelundup lainnya.

Satu hal terakhir yang harus dilakukan, dan dia bisa pulang ke Anemone.

Dia menggali suar yang diberikan Anemone, dan menancapkannya di bagian depan perahu, tepat di atas garis air. Kemudian dia merobek bagian atasnya dan menyalakannya. Sebuah lampu merah berkedip-kedip kecil menandakan bahwa ia telah mengaktifkannya, seperti yang dikatakan Anemone.

Misi selesai, Dunstan mengepakkan sayapnya dan memulai penerbangan pulang.

# Empat Puluh Empat

Ketika matahari terbit, Dunstan belum kembali. Anemone tahu itu tidak berarti sesuatu yang buruk telah terjadi, tetapi dia tidak bisa membungkam pikiran bahwa inilah cara dia kehilangan Morgan.

Sementara kopi diseduh, dia mengambil ponselnya untuk membaca berita pagi. Ada sebuah artikel singkat yang mengatakan bahwa seseorang telah menyalakan suar darurat di dekat Rottnest, dan bahwa kru penyelamat laut sedang menyelidikinya, sebelum artikel tersebut diakhiri dengan janji yang jelas tidak memuaskan bahwa masih ada lagi yang akan datang.

Di tempat kerja, semua orang tampak saling bertukar pandang dan tidak menatapnya. Anemone membiarkan hal itu berlangsung selama satu jam sebelum akhirnya dia tersentak. "Ada apa ini? Apa kabar buruk yang didengar semua orang kecuali aku?"

Luke, yang terlihat seperti kurang tidur dibanding Anemone semalam, berkata, "Mungkin bukan apa-apa, tapi ada sebuah kapal yang bermasalah di berita pagi."

"Oh, hanya itu saja? Ya, saya sudah mendengarnya."

Beth meletakkan tangannya di lengan Anemone, matanya penuh dengan simpati. "Tidak ada yang mau mengatakan apa pun di depanmu karena... ya, suamimu... dan hari ini dari semua hari..."

Hari ini? Anemone memeriksa tanggalnya. Setahun yang lalu sampai hari ini, dia kehilangan Morgan. Dan bayi mereka. Tidak heran dia khawatir tentang Dunstan. Dia khawatir tentang musuh terburuknya, jika mereka berada di atas kapal hari ini.

Dia menelan ludah. "Setiap kali saya mendengar tentang kapal yang bermasalah, jantung saya berdebar kencang. Mungkin akan selalu begitu. Saya hanya... mengirimkan harapan ke alam semesta, bahwa semua akan baik-baik saja, bahwa tidak ada orang lain yang akan kehilangan seseorang seperti yang saya alami, dan k emudian... saya kira saya menemukan sesuatu yang lain untuk mengalihkan perhatian saya. Ngomong-ngomong, apakah ada yang punya sesuatu yang bisa mengalihkan perhatian saya untuk hari ini? Poin bonus jika Anda bisa menjauhkan saya dari komputer saya sehingga saya tidak memeriksa berita setiap lima menit."

Luke datang untuk menyelamatkannya - sel dengan wastafel asli tahun 1850-an yang tersisa yang akan dikonservasi. Wastafel itu sendiri tidak menjadi masalah, tetapi mereka menemukan jamur di dalam sel, yang tidak hanya membahayakan pipa ledeng tetapi juga dinding sel yang terbuat dari batu kapur dan lantai jarrah, jadi jika dia bisa mengenakan pakaian pelindung dan melihat lebih dekat, sebelum menyusun laporan singkat untuk mengikuti tender pekerjaan konse rvasi...

Di hari lain, Anemone pasti akan menertawakan wajahnya karena menyarankan dia melakukan sesuatu yang begitu kasar, tetapi saat ini, memeriksa pipa ledeng terdengar sempurna.

Pada saat ia pulang, ia menemukan kembali kebenciannya pada pakaian hazmat, mengumpat pada ketidakjelasan semua dokumentasi tender sebelumnya, dan menyusun konsep pembersihan seperti apa yang seharusnya dilakukan pada sel tersebut, jika anggaran yang tersedia untuk pekerjaan konservasi yang tepat dan bukan hanya pekerjaan tambal sulam yang sudah sering dilakukan.

Namun, saat dia berjalan pulang, dia mengirimkan lebih dari sekadar harapan kepada alam semesta. Kali ini, itu adalah panggilan sirene bahwa alam semesta akan mengembalikan Dunstan kepadanya, setahun sejak dia kehilangan suaminya. Tentunya tidak ada orang yang bisa begitu sial dua kali dalam satu kehidupan.

# Empat Puluh Lima

Dunstan belum pernah terbang sejauh ini dalam hidupnya. Ada air di bawahnya, terlihat jelas saat matahari mulai muncul di cakrawala, dan bermil-mil lautan masih memisahkannya dari Fremantle. Dia tidak akan sampai di rumah pagi ini, dan dia juga tidak bisa terbang lebih jauh lagi. Saat matahari terbit, dia akan menjadi patung dan jatuh dari langit, ke dalam ombak di bawahnya.

Sambil mengumpat, ia melipat sayapnya, dan jatuh ke laut.

Turun, turun, turun, hingga ia mencapai dasar laut, di mana tidak ada cahaya yang bisa menyentuhnya. Tidak terlalu cepat, juga, karena dia harus mengguncang batu yang kaku dari anggota tubuhnya selama beberapa menit sebelum dia bisa melanjutkan perjalanan pulang. Satu demi satu langkah, di sepanjang dasar laut. Untunglah gargoyle tidak perlu bernapas.

# Empat Puluh Enam

Saat dia memasuki apartemennya, Anemone memanggil namanya. Namun hanya Lucky yang menjawab panggilan itu, berkicau untuk makan malamnya. Dia memberi makan kucing itu, tetapi tidak ada tanda-tanda Dunstan.

Matahari terbenam berkobar melalui jendela timur, warna jingga yang hampir tidak bisa dilihatnya melalui air matanya. Dia tidak bisa kehilangan Dunstan. Tidak akan. Dia akan pergi ke pelabuhan dan menunggunya, segera setelah hari gelap.

Tetapi bagaimana jika dia datang ke sini, sementara dia berada di sana?

Tapi... tapi...

Dia berlari ke atap, mengintip ke segala arah dengan harapan dia bisa melihat pria itu datang. Berjalan di sepanjang jalan. Terbang melintasi langit. Sesuatu. Tapi dia tidak ada di sana.

Dia akan pergi ke pelabuhan, dia memutuskan. Menuruni tangga, keluar dari pintu depan menuju ke pendaratan, lalu menuruni tangga menuju ke foyer...

"Anemon?"

"Dunstan?"

Dia terbang ke dalam pelukannya, menciumnya dengan sepenuh hati. Dia melingkarkan lengan dan kakinya di sekelilingnya, tidak peduli bahwa roknya naik hingga ke pinggangnya. Yang dia pedulikan hanyalah dia ada di sini, aman, bersamanya, dan dia...

"Kenapa kamu telanjang?"

Dia tertawa kecil. "Pakaian membebani saya di dalam air. Kemudian saya harus menunggu sampai gelap untuk terbang kembali, sehingga tidak ada yang melihat saya. Tapi saya di sini sekarang."

"Ya, oh ya."

Dia begitu panas dan keras di antara kedua kakinya. Mengapa dia masih mengenakan pakaian dalam? Dia harus merasakan pria itu di dalam dirinya. Sekarang.

"Dunstan, kumohon," rintihnya.

Dia menyelipkan dua jari di antara kulitnya dan celana dalam bodoh itu, dan merobeknya. Sekarang tidak ada apa-apa di antara mereka.

"Bercinta denganku. Tolonglah."

Dia membanting punggungnya ke dinding, memasukinya dengan keganasan yang sesuai dengan kebutuhannya sendiri akan dirinya.

"Ya, ya, oh, ya..."

Keras dan cepat, tidak seperti yang pernah dia ketahui sebelumnya. Lebih baik dari sebelumnya. Dia hampir tidak bisa mempercayainya, tapi dia sudah hampir melahirkan.

Dia membenamkan wajahnya di bahunya, yakin dia akan berteriak.

"Apa kau baru saja menggigitku?" Dia tertawa. "Saya rasa tidak ada wanita yang pernah menggigit saya sebelumnya. Aku mungkin perlu menggigitmu kembali untuk itu. Tapi di mana..."

Tangannya dengan cepat membuka kancing kemeja dan bra-nya, memperlihatkan payudaranya.

Dia melengkungkan punggungnya, memohon agar pria itu melakukan apa pun yang diinginkannya.

"Anemone? Anemone!"

Itu bukan suaranya. Itu terdengar seperti Catena, yang panik saat dia menggedor pintu depan Anemone di lantai atas.

Anemone mengerjap. Dia dan Dunstan berada di foyer, membelakangi ceruk kecil di bawah tangga. Sayapnya mengangkatnya saat dia masih terkubur sedalam bola di dalam tubuhnya, saat tangannya menangkup payudaranya, mulutnya hanya beberapa inci lagi untuk melahapnya dengan cara yang paling menyenangkan.

"Dia tidak ada di rumah." Itu adalah suara laki-laki, juga dari lantai atas. "Apa yang ingin kau katakan padanya? Bahwa ada sesuatu di ruang bawah tanahnya, iblis bersayap dan bertanduk yang bermaksud merayunya agar dia bisa melakukan kejahatannya? Dia tidak akan pernah mempercayaimu."

"Saya harus mencoba. Anemone!" Catena menggedor pintu lagi.

Mata Anemone bertemu dengan mata Dunstan. Dia menyeringai malas, melingkarkan ekornya di sekitar putingnya dan meremasnya. Dia terkesiap, lalu menepuk-nepukkan tangannya ke mulutnya, berharap mereka tidak mendengar.

Dia mulai bergerak di dalam dirinya lagi, sangat lambat dan sangat dalam. Dia melupakan semua tentang tetangga dan ruang bawah tanah dan setan, bertanduk atau tidak, dan kehilangan dirinya sendiri pada sensasi saat Dunstan memasukkan satu puting ke dalam mulutnya, lalu yang lainnya.

Dia sangat dekat, sangat dekat, ketika dia terdiam dan berkata, "Saya pikir mereka sudah pergi. Aman untuk naik ke atas."

Dia tidak ingin berhenti. Dia ingin pria itu me nyelesaikan... menyelesaikan apa yang dia lakukan padanya, atau dia pasti akan menggigitnya kali ini.

"Kecuali jika Anda ingin mengirim iblis besar bersayap dan bertanduk itu kembali ke penjara bawah tanah. Aku lebih suka membawamu ke tempat tidurmu, di mana aku bisa melakukan perbuatan jahatku padamu, lagi dan lagi." Matanya menantangnya untuk memprotes.

"Di lantai atas. Sekarang," dia berhasil mengatakannya.

Sayapnya melingkari dirinya, dan dia hanya memiliki waktu sejenak untuk menarik napas sebelum dia diputar melalui dinding ke kamar tidurnya.

Dia masih di dalam dirinya. Dan dia sangat, sangat dekat...

"Duduklah di tempat tidur," perintahnya.

Dia melakukannya, mendudukkannya di pangkuannya. Anemone bangkit berlutut, lalu merebahkan diri di pangkuannya lagi. Dia menggenggam tanduknya di tangannya. "Kita lakukan dengan cara jahatku dulu," katanya.

# EMPAT PULUH TUJUH

Beberapa jam dan orgasme yang tak terhitung jumlahnya kemudian, Anemone berbaring di samping Dunstan di tempat tidur, terengah-engah dan sakit, tetapi lebih bahagia daripada yang bisa diingatnya sejak ... sejak ... setahun yang lalu.

"Mengapa tetangga saya mencoba memperingatkan saya tentang Anda?" tanyanya. "Bagaimana dia bisa tahu tentang Anda?"

Dunstan mengangkat bahu. "Mungkin dia melihat saya, dalam perjalanan pulang dari pelabuhan. Ngomong-ngomong, aku berhasil. Rencananya berjalan sesuai dengan yang seharusnya. Saya bisa melihat suar berkedip-kedip saat saya terbang."

Anemone merasakan pipinya menjadi panas. Dia sangat mengkhawatirkan Dunstan, lalu sangat senang melihat Dunstan kembali dengan selamat, sehingga dia tidak peduli lagi dengan pembunuh suaminya. Yang ingin dia lakukan hanyalah bercinta dengan monsternya. Bersandar di dinding, di tempat tidur, membungkuk di atas kotak selimut, lalu kembali ke tempat tidur...

Dia dengan cepat menjadi kecanduan pada penisnya, jika dia belum kecanduan. Dan mulutnya, dan sayapnya, dan tangannya, dan ekornya yang merepotkan itu... jika dia tidak tahu lebih baik, dia akan mengira dia jatuh cinta padanya.

Dan membayangkan kehilangan dia...

Siapa dia bercanda? Dia jatuh cinta padanya.

Dia menelusuri garis di otot perutnya yang sekeras batu, berhenti tepat di dekat penisnya yang selalu keras. Salah satu keistimewaan terbuat dari batu hidup, katanya.

"Kita harus bercinta untuk merayakan kemenangan Anda," katanya.

"Atau aku akhirnya bisa melakukan hal yang jahat padamu, seperti yang diperingatkan oleh tetanggamu." Dia duduk, lalu menepuk pahanya. "Duduklah di pangkuanku, gadis manis."

Dia baru saja duduk, ketika sayapnya melingkar di sekelilingnya, menahannya di tempatnya.

"Peganglah tanduk saya," bisiknya. "Agar aku bisa membawamu dalam perjalanan hidupmu."

Dan dia melakukannya.

# Empat Puluh Delapan

Seminggu kemudian, polisi datang lagi ke rumahnya. Seminggu penuh kesibukan di tempat kerja, dan malam-malam indah di tempat tidur bersama Dunstan. Bahkan saat bulan madu pun dia belum pernah melakukan hubungan seks sebanyak ini, tapi saat matahari terbenam dan dia muncul, dia sangat menginginkannya lagi.

Namun pada sore hari, dengan Detektif Nunzio dan Rasul di depan pintunya, ia menyingkirkan semua pikiran tentang seks dan berusaha terlihat seperti janda Morgan yang sedang berduka, karena tentu saja yang mereka bahas di sini adalah pembunuhannya.

Dia membiarkan mereka duduk di dapurnya lagi, tapi kali ini dia tidak membuat kopi. Dia sudah merasa cukup untuk hari Sabtu biasa, dan dia berniat untuk membeli kopi berikutnya di Shut Up Café di seberang jalan sebelum mereka tutup hari itu.

"Petugas koroner telah selesai dengan jenazah suami Anda, dan siap untuk menyerahkannya kepada Anda agar Anda dapat mengistirahatkannya," Detektif Rasul memulai.

Anemone menganggguk. Mereka sudah mengadakan upacara pemakaman untuk Morgan, meskipun tidak ada jenazah di dalam peti. Sekarang ada mayatnya, dia harus mengatur agar Morgan dikremasi. Dia selalu mengatakan bahwa dia ingin abunya ditebarkan di laut, dan dia akan memberikannya. "Terima kasih."

"Dokter Seaver, apa yang Anda ketahui tentang Janus Smith?"

Dia mengedipkan mata. "Dia adalah pemilik kapal yang ditumpangi suami saya ketika dia meninggal. *Tangkapan yang sempurna*."

"Ya, tapi apa yang Anda ketahui tentang dia?"

Dia mengembuskan napas. "Saya mengenalnya sebagai suami teman saya, Lucy. Seorang anggota klub kapal pesiar dengan kapal sewaan yang sudah rusak dan tidak dirawat dengan baik. Dia berteman dengan Morgan... semua orang berteman dengan Morgan, begitulah dia... tapi saya tidak menyukainya. Dia itu busuk, terutama saat Lucy tidak ada. Setelah mereka bercerai, saya menghindarinya sama sekali."

Kedua pria itu mengangguk. Nunzio masih mencatat, tetapi Rasul telah meletakkan tabletnya, bersemangat untuk mengajukan pertanyaan berikutnya.

"Apakah Anda tahu mengapa Tn. Smith memiliki salah satu suar darurat milik suami Anda di kapalnya?"

Anemone mengangkat bahu. "Yah, Morgan memang mengambil *Tangkapan Sempurna* pada malam yang menentukan itu. Dia tidak pernah keluar tanpa EPIRB, jadi saya yakin dia membawanya. Aneh, kalau dipikir-pikir, kenapa tidak berbunyi saat kapal tenggelam? Saya pikir alat ini akan aktif ketika basah. Atau apakah perahunya terlalu dalam sehingga suarnya tidak bisa ditangkap oleh satelit sebelum sinyalnya mati?"

Kedua pria itu saling bertukar pandang. Apa pun itu, tak satu pun dari mereka ingin menjadi orang yang memberitahunya.

"Suar yang terdaftar atas nama suami Anda diaktifkan seminggu yang lalu, sekitar empat puluh kilometer di lepas pantai. Kami menemukannya terpasang di kapal baru Tuan Smith, *Catch of the Day*, yang tersangkut di kapal lain, sebuah kapal penangkap ikan asing, dengan muatan yang sangat menarik."

Dunstan tidak menyebutkan kargo apa pun, atau apa pun tentang kapal lainnya, jadi Anemone tidak perlu berpura-pura terkejut. "Apa itu?"

"Yah, obat-obatan, tetapi juga sejumlah besar teripang. Beberapa spesies teripang hanya ditemukan di taman laut yang dilindungi di sepanjang pantai Australia Barat."

Nafasnya mendesis. "Penangkapan ikan ilegal dan penyelundupan narkoba? Saya harap orang-orang itu dipenjara untuk waktu yang lama. Itu mengerikan."

"Apakah ada hal lain yang bisa Anda ceritakan tentang Janus Smith?"

Anemone menggelengkan kepalanya. "Tidak ada yang belum saya ceritakan. Saya hampir tidak mengenal pria itu."

"Bagaimana dengan dekker barunya, John Stan?"

"Siapa?" Ia berusaha membuat wajahnya sekosong mungkin.

"Tuan Smith memiliki seorang awak kabin baru, seorang pria yang ia latih untuk membantunya dalam bisnis penyewaan kapal, bernama John Stan. Mereka belum menandatangani kontrak baru, jadi yang kami miliki hanyalah perkataannya bahwa orang ini ada dan kesaksian salah satu penumpang, seorang pria yang cukup kooperatif dan sangat menyesal telah meninju suami Anda..."

Pembunuh Morgan. Anemone menelan ludah. "Anda mengatakan orang ini, John Stan, bertanggung jawab atas kematian suami saya?"

"Tidak, tidak, dia hanya orang yang menarik. Salah satu penumpang Tn. Smith minggu lalu, saat suar diaktifkan, mengaku berada di atas kapal *Perfect Catch* pada malam suami Anda meninggal. Dan baik dia maupun Tn. Smith memiliki kisah yang paling luar biasa, tentang seorang juru mudi yang menghilang dan setan yang menyerang kapal mereka. Tn. Smith mengatakan bahwa iblis itu mengikatnya dan melakukan berbagai hal padanya."

"Iblis." Dunstan memang sedikit gila seks, tapi dia tidak lebih buruk darinya, dan dia pasti manusia. "Apa kau yakin mereka tidak melihat Manusia Ngengat? Ada beberapa video di internet... atau alien. Aku pernah mendengar alien menyukai hal-hal aneh seperti itu."

Nunzio menggelengkan kepalanya. "Saya tidak tahu apa yang mereka lihat. Mungkin mereka semua mabuk, atau mereka mengarangnya. Kami akan mendapatkan cerita yang sebenarnya pada waktunya, dan saya sangat mendorong Anda untuk memberi tahu kami semua yang Anda ketahui sekarang, atau kami harus kembali untuk mengajukan lebih banyak pertanyaan."

Anemone mengangkat bahu lagi. "Tidak ada yang lebih ingin mengetahui penyebab kematian suamiku selain aku, para detektif. Jika kalian punya pertanyaan, aku dengan senang hati akan menjawabnya. Tapi jika kalian mencari monster khayalan, kalian tidak akan menemukannya di sini. Aku seorang ilmuwan. Saya percaya pada apa yang bisa saya amati, bukan tipuan yang dibuat oleh seseorang. Jika Anda memiliki gambar dari dekker ini, atau setan..."

Rasul memberikan senyuman kepadanya. "Sama seperti sistem hukum, Doktor Seaver. Kami percaya pada bukti, dan apa yang bisa dibuktikan. Kesaksian yang tidak dapat diandalkan tentang setan dan orang-orang yang tampaknya tidak ada... yah, itu memang tampak mengada-ada. Tentu saja tidak ada yang terpikir untuk mengambil foto, meskipun para pria itu membawa ponsel. Mungkin mereka berniat mengaku gila atas kejahatan mereka di pengadilan."

"Saya tidak tahu banyak tentang kasus-kasus pengadilan, kriminal atau lainnya. Tapi saya berharap Anda beruntung dengan investigasi Anda," kata Anemone. "Apakah narasumbermu punya sesuatu yang berguna bagimu yang bisa membantu?"

Selain cerita-cerita liarnya tentang setan dan deckhand, dia telah menceritakan semua yang dia ketahui tentang perdagangan narkoba yang dia ketahui, termasuk orang-orang yang telah mencoret-coret pesan-pesan ancaman di dinding perawat itu, jadi sepertinya akan ada lebih banyak lagi penangkapan yang akan datang. Anemone, dan perawat itu, akan aman.

Butuh satu atau dua menit untuk berbasa-basi sebelum dia bisa menutup pintu dengan kuat di belakang mereka. Anemone memeriksa jam tangannya. Ia masih punya waktu untuk membeli kopi dan muffin.

# Empat Puluh Sembilan

Anemone menatap lemari muffin, tidak bisa menerima kekosongan itu. Dia telah memutuskan dalam perjalanan singkat di seberang jalan bahwa dia pantas mendapatkan muffin ekstra setelah interogasi itu, dan sekarang dia bahkan tidak bisa mendapatkannya.

Rochelle memberikan senyuman simpatik. "Maaf, kami kehabisan muffin hari ini. Tapi kami punya beberapa kue keju mousse cokelat putih dan raspberry yang baru. Harga satuan. Lapisan mousse cokelat putih di atas mouse raspberry, dengan dasar biskuit cokelat hitam." Dia menunjuk ke arah lemari. "Ini sangat cocok dengan cokelat panas Wina."

Anemon memejamkan matanya. Orang yang berakal sehat akan pulang ke rumah dan makan salad. Tapi dia tidak ingin menjadi orang yang masuk akal. Lagipula, siapa yang makan salad di musim dingin? Dia dengan senang hati akan memanaskan sup sayuran, tapi selada bisa menunggu sampai cuaca lebih hangat.

"Ya, silakan," katanya.

Rochelle menelepon untuk melakukan transaksi, dan Anemone mengetuk kartunya untuk membayar.

"Anda bisa duduk di pojok. Seniman kami yang akan segera datang, dan dia sangat populer. Jika Anda berada di antrean pertama, dia mungkin akan menyelesaikan potret Anda tepat waktu dan Anda bisa membawanya saat Anda pergi." Rochelle mendorongnya ke arah meja pojok. "Ayo, saya akan membawakan pesanan Anda ketika sudah siap."

Dengan enggan, Anemone menuju ke sudut, kemudian berubah pikiran dan mengambil meja di sebelahnya. Dindingnya dipenuhi dengan sketsa, baik hitam putih maupun berwarna. Sebagian besar berupa potret wajah, kepala dan bahu orang, beberapa di antaranya sedang minum kopi atau makan kue. Ada sederet gambar Rochelle, dalam berbagai pose saat dia melayani orang-orang di konter. Sang seniman telah menangkap senyumnya dengan sempurna, bahkan dalam sketsa yang terlihat seperti beberapa garis yang tergesa-gesa.

Mungkin dia harus menunggu sang seniman, dan memintanya untuk menggambar potret dirinya. Kesan pertama sang seniman tentang siapa dia sekarang - janda Morgan, kekasih Dunstan, atau hanya seorang pecandu muffin di kafe? Mungkin seorang pecandu kue keju, jika terlihat seenak rasanya, pikirnya saat Rochelle mendekat.

Anemone menikmati cheesecake itu, yang sama enaknya dengan yang dijanjikan Rochelle. Cokelat Wina-nya terlalu pahit, sampai ia menambahkan beberapa bungkus gula ke dalamnya dan mengaduk krimnya, yang membuatnya bisa diminum, jika bukan sesuatu yang akan dipesannya lagi.

Tetapi pada saat dia selesai, matahari hampir terbenam, dan Dunstan akan bangun.

Dia melirik untuk terakhir kalinya dengan penuh kerinduan pada gambar-gambar di dinding, tetapi seniman misterius yang menggambarnya belum datang, dan dia ingin memberi tahu

Dunstan tentang kunjungan polisi itu sebelum mereka terlalu teralihkan untuk melakukan hal lain.

Mungkin dia akan menyelesaikan potretnya besok, atau di malam yang lain. Dunstan sedang menunggu.

# Lima Puluh

"Semoga harimu menyenangkan, gadis manisku. Aku akan kembali untuk menghangatkan tempat tidurmu saat matahari terbenam," bisik Dunstan di telinganya. Dia mencium lehernya untuk terakhir kalinya, dan kemudian dia menghilang, kembali ke dalam kegelapan untuk bersembunyi dari fajar.

Anemon menatap tirai-tirai itu. Tirai itu seharusnya menghalangi sinar matahari, tapi dua garis-garis di kedua sisinya membiarkan cahaya yang membuat Dunstan pergi setiap pagi. Sekarang, jika dia mendapatkan tirai penghalang yang menutupi jendela, dan menutupi sisi-sisinya, mungkin dia bisa bangun di sampingnya, dan bahkan bercinta di pagi hari sebelum dia pergi bekerja. Atau sepanjang pagi, di hari Minggu, seperti yang satu ini.

Nah, sekarang dia sudah bangun, dia mungkin akan bangun dan pergi ke kamar mandi.

Anemon berhasil mencapai wastafel sebelum rasa mual menguasainya dan dia memuntahkannya. Wow, itu pasti makan malam semalam, dan kue keju yang lezat itu juga. Pasti ada yang salah dengan kue keju itu, pikirnya. Atau cokelat pahit itu.

Dia berkumur dan menuju ke dapur untuk mengambil air sebelum kembali ke tempat tidur.

Airnya juga tidak mau berhenti mengalir.

Satu jam kemudian, ketika yang dibawanya hanyalah empedu, Anemone berbaring di tempat tidur, dengan semua energi yang tersisa. Pasti ada sesuatu yang terjadi di kafe. Dia tidak pernah sesakit ini sejak sebelum Morgan meninggal. Ketika dia masih hamil.

Tidak, tidak mungkin.

Anemone meraba-raba ponselnya, untuk memeriksa kalender. Dia tidak terlalu memperhatikan masa menstruasinya sejak kepergian Morgan. Rasanya tidak mungkin ia mencoba untuk memiliki bayi lagi, tanpa suami lagi.

Menstruasi terakhirnya adalah enam minggu yang lalu. Itu tidak mungkin. Dunstan adalah gargoyle, demi Tuhan. Batu. Dia tidak bisa ereksi seperti manusia normal karena dia tidak memiliki darah, atau cairan tubuh lainnya yang diperlukan untuk membuat seorang gadis hamil.

Kecuali... dia bisa...

Hamil enam minggu. Bahkan itu pun tidak mungkin. Dia harus hamil sehari sebelum haid terakhirnya, dan dia dan Dunstan belum pernah berhubungan intim selama lebih dari seminggu.

Kecuali malam pertama, setelah dia menemukan Morgan. Tapi itu hanya sekali, dan dia tidak benar-benar datang, bukan?

Dia tidak tahu. Dia telah begitu terjebak dalam kesenangannya sendiri, dia bahkan tidak memperhatikannya. Oh, dia jelas menikmati apa yang mereka lakukan, itu yang dia yakini, tapi jika dia p ernah... kau tahu... dia tidak bisa mengatakannya. Tidak seperti dia meneriakkan namanya seperti dia meneriakkan namanya. Dan dia bukan manusia, jadi dia tidak menjadi lembut setelahnya, seperti pria normal.

Tetapi bahkan jika dia melakukannya... hamil untuk pertama kalinya? Bahkan tanpa mencoba? Setelah dia dan Morgan telah mencoba selama bertahun-tahun, dan dia masih kehilangan bayinya.

Dia tidak mungkin hamil. Tidak mungkin.

Dia masih memiliki beberapa alat tes kehamilan di lemari kamar mandi. Segera setelah dia memiliki cukup cairan untuk buang air kecil, dia akan membuktikan untuk selamanya bahwa dia tidak hamil dengan bayi gargoyle kekasihnya.

# Lima Puluh Satu

Matahari sore masuk melalui jendela kamar mandi, menyinari tiga alat tes kehamilan yang telah Anemone letakkan di atas wastafel. Ketiganya mengatakan hal yang sama: bahwa tidak ada yang salah dengan cheesecake di kafe, dan dalam waktu kurang dari delapan bulan, jika ia sangat, sangat beruntung, ia akan menjadi seorang ibu.

Dia membuang semua hasil tes itu ke tempat sampah. Dia tidak boleh terlalu berharap. Dia telah kehilangan anak sebelumnya, dan tidak ada jaminan bahwa dia akan dapat melahirkan bayi ini sampai cukup bulan. Mungkin dia tidak ditakdirkan untuk menjadi seorang ibu. Beberapa orang memang tidak ditakdirkan untuk itu. Dia punya Lucky. Itu akan membantunya.

Tapi jika dia bisa mengandung anak ini sampai lahir...

Nafasnya tercekat di tenggorokannya.

Dia akan melakukan yang terbaik untuk menjadi ibu yang terbaik. Dia tidak akan menjadi sempurna, tapi setidaknya dia akan mencoba. Dia tidak akan bisa memiliki lebih dari satu anak. Satu anak saja sudah merupakan keajaiban.

Lebih dari yang ia harapkan.

Anemone menangis tersedu-sedu.

Dia tidak yakin berapa lama waktu yang dibutuhkannya untuk mengendalikan diri, dan menyeka mata dan hidungnya, tetapi pada saat dia melakukannya, dia punya rencana.

Dia akan mengunjungi dokternya selama seminggu untuk pemeriksaan, untuk memastikan semuanya baik-baik saja, dan membuat janji temu dengan dokter kandungan yang dia pilih terakhir kali. Tapi pertama-tama, dia harus menemukan kotak berisi perlengkapan bayi yang dia beli untuk bayi yang hilang. Sebuah kotak yang dibawanya ke apartemen, tapi belum sempat ia buka. Sampai sekarang.

Anemone memeriksa setiap ruangan di rumah itu, tapi tidak ada tanda-tanda kotak itu. Mungkinkah dia menyimpannya di gudang di lantai bawah? Dia tidak bisa berpikir di mana lagi kotak itu bisa berada.

Dia menyalakan lampu di gudang, dan melihat alasannya. Di samping kotak itu ada kotak lain yang dipesannya secara online, yang tiba setelah dia kehilangan bayinya. Kotak itu bergambar keranjang bayi di sampingnya, dengan ibu dan bayi yang sedang bergembira. Dia hampir tidak bisa melihatnya.

Sekarang, dia mempertimbangkannya dengan serius. Dia telah melakukan banyak penelitian, dan itu adalah keranjang bayi terbaik yang ada saat itu, yang berarti pasti akan cocok untuk bayi ini. Sebaiknya dia membawanya ke lantai atas sekarang, selagi dia masih bisa mengangkat barang, untuk berjaga-jaga.

Dia berhasil menyeberangi foyer dan setengah jalan menuju pendaratan sebelum dia menyesal telah mengambil kotak itu. Seharusnya ia menunggu dan meminta Dunstan untuk membawakan benda itu.

"Oh, apakah Anda memerlukan bantuan untuk itu?"

Catena dan seorang pria bertubuh besar yang tidak dikenalnya berdiri di atas pendaratan, menatap ke arahnya.

Wanita yang kuat dan mandiri dalam dirinya ingin mengatakan tidak. Tapi orang yang telah muntah setengah lusin kali sebelum sarapan menang. "Oh, ya, silakan."

Hulk mengangkatnya dengan satu tangan seolah-olah tidak ada bobotnya, lalu menunggu di puncak tangga, mengerutkan dahi, sementara Anemone menyeret dirinya sendiri ke atas.

"Apakah kamu akan punya bayi?" Catena berseru. "Anda hampir tidak terlihat sama sekali! Wow, kamu pasti sudah mengandung saat terakhir kali kamu dan suamimu... itu..." Wajahnya berubah menjadi merah dan terdiam.

"Di mana Anda ingin saya menaruhnya?" tanya si raksasa.

Anemone mendorong pintu dan menunjuk ke arah lorong. "Tolong taruh saja di kamar tamu."

Dia menurunkannya, lalu kembali berdiri di samping Catena. "Kami mendoakan yang terbaik untuk kesehatan dan kebahagiaan Anda," katanya, kerutan di wajahnya mengisyaratkan bahwa dia tidak bisa berkata-kata, sebelum dia melingkarkan lengannya di pundak Catena dan menariknya kembali ke apartemennya.

"Tor, itu tidak sopan!" Catena memarahi, lalu berbalik untuk memanggil dari balik bahunya, "Maaf tentang Tor. Dia tidak terbiasa dengan hal-hal seperti sopan santun dan berbicara dengan wanita. Kami benar-benar sangat senang untukmu!"

Pintu dibanting menutup di belakangnya.

Anemone menatap mereka untuk beberapa saat, sebelum kembali ke apartemennya sendiri.

Pacar baru tetangganya yang aneh, jika memang benar demikian, jelas bukan masalah baginya. Sudah cukup banyak hal yang ia khawatirkan. Dan bahkan mungkin berharap.

# Lima Puluh Dua

Seks dengan Anemone tidak seperti hal lain yang pernah dialami Dunstan. Sebagai seorang pria, dia telah melakukan hubungan seks yang baik, atau setidaknya dia pikir dia sudah melakukannya, tapi dengan wanita itu ... dia bisa bertahan semalaman, dengan gelombang demi gelombang kenikmatan yang menyapu mereka berdua. Ia tidak pernah berpikir bahwa seorang gargoyle bisa mengalami orgasme, tapi dengan Anemone... itu bukan masalah jika, tapi berapa banyak. Lebih dari yang dia pedulikan untuk menghitung, sekarang, karena dia terlalu fokus pada kenikmatannya, cara nafasnya tersengal-sengal sebelum dia mengepalkan tangan dengan keras dan meneriakkan namanya.

Dia bisa saja tidur semalaman, tapi dia tetaplah manusia, jadi dia butuh tidur. Dengan enggan, dia menariknya keluar dan membersihkan mereka berdua. Binar di matanya saat dia menatapnya... jika dia tidak tahu lebih baik, dia akan mengira itu adalah cinta. Tapi dia tidak pernah mengenal seorang wanita yang mampu mencintai, tidak peduli berapa kali pun dia mengatakannya. Anemone tidak pernah berbicara tentang cinta, dan dia tidak pernah mengenalnya berbohong, yang membuatnya lebih unggul dari kebanyakan wanita yang pernah dia temui.

Namun ketika dia mendengar seseorang meneriakkan namanya dari atap, dia tahu bahwa dia harus menjawab. Tapi dia menunggu sampai Anemone tertidur sebelum dia meninggalkan sisinya untuk mencari tahu siapa yang membuat keributan.

Seorang pria bertubuh besar berdiri di sisi lain pagar yang memisahkan bagian atap rumah Anemone dengan tetangganya. Bentuk yang familiar, meskipun Dunstan tidak dapat memanggil satu pun ingatan yang dapat memberitahunya nama pria itu.

"Bagaimana kau tahu aku?" Dunstan menuntut. Dia mungkin tidak ingat, tapi orang itu mungkin ingat.

"Kamu adalah saudaraku."

"Ben?" Begitu banyak harapan dalam satu suku kata itu, hanya untuk kemudian pupus ketika pria yang satunya menggeleng.

"Torstan."

Dia tahu nama itu, tetapi ingatan tentang pria itu lambat untuk muncul ke permukaan. Mungkin jika dia bisa melihat wajah pria itu... "Masuklah ke dalam cahaya, agar aku bisa melihatmu, saudaraku." Jika memang pria itu adalah saudaranya.

Torstan melompat ringan melewati pagar yang rendah, sehingga sorot lampu jalan menerpa wajahnya.

Ya, memang sudah tidak asing lagi, tetapi...

"Kamu masih dikutuk," kata Torstan. "Masih menjadi gargoyle. Saya pikir Anda pasti seorang pria, telah menjadi ayah dari seorang anak, tapi... bagaimana?"

Seorang anak. Dia ingat pembicaraan tentang seorang anak, meskipun dia belum pernah melihat anak itu. "Cara. Dia memberikan anak saya kepada Oscar ketika dia menikah dengannya." Kenangan muncul, tentang wajah Cara, saat dia mengatakan kepadanya bahwa dia telah memilih sahabatnya daripada dia untuk menjadi suaminya, bahkan ketika anak itu adalah anak Dunstan. Dia telah berbicara tentang cinta, tetapi itu adalah sebuah kebohongan.

"Itu bohong. Anda tidak pernah membiarkan saya mengatakan hal buruk tentang Cara, bahkan ketika Anda berduka atas kehilangannya, tetapi dia adalah pelacur pembohong yang mengkhianati Anda dan Oscar. Anak yang dilahirkannya adalah anak Oscar. Aku bersumpah atas nama ayah kami. Dia bertemu dengannya di tambang setiap hari selama berbulan-bulan, mengerang seperti hantu gila saat menidurinya. Hanya masalah waktu sebelum dia hamil, dan dia menikah dengannya, seperti yang dia inginkan. Kemudian Anda pulang ke rumah, dan dia melemparkan lamaran Oscar ke wajahnya setelah Anda merayunya. Kemudian dia datang untuk memberitahumu tentang bayi itu, bersumpah bahwa bayi itu milikmu, berteriak-teriak tentang bagaimana kamu telah berjanji untuk menikahinya, tapi kamu sudah kembali ke laut. Saya harus menyebutnya pembohong, untuk mengirimnya memohon pada Oscar agar mau menerimanya kembali. Pria malang itu menikahinya, dia adalah wanita yang sangat cantik, dan Anda menghindari peluru dengan yang satu itu. Jadi jangan bicara padaku tentang Cara."

Dunstan tidak mengerti. "Lalu anak apa yang kamu bicarakan?"

"Yang dikandung oleh janda di dalam perutnya. Anakmu, karena ia tidak bisa menjadi milik suaminya yang telah meninggal. Kami datang untuk memperingatkan dia tentang Anda, tapi kami sudah terlambat, bukan? Kau merayunya, seperti kau merayu Cara. Terkutuklah kau, Dunstan, dia masih seorang janda yang sedang berkabung!"

Malam pertama dia bercinta dengan Anemone, dan setiap malam yang menakjubkan sejak saat itu. Kenangan ini sangat jelas. Setiap erangan yang terengah-engah, setiap permintaan yang putus asa untuk lebih... jika dia merayu Anemone, dia akan membalasnya.

"Tidak seperti itu. Aku dan Anemone, kami. .." Jatuh cinta? Dia ingin menyangkal bahwa hal itu mungkin terjadi, tetapi saat dia memikirkan kata-kata itu, mereka terasa benar. Bukan berarti dia akan mengatakannya kepada pria ini. Pria yang mengaku sebagai kakaknya, menyalahkannya kar ena... "Apa kau bilang Anemone hamil?"

"Tentu saja, bodoh! Menurutmu apa yang terjadi saat kamu meniduri seorang wanita?"

"Bagaimana kau tahu?" Bagaimana mungkin orang asing ini bisa tahu sementara Dunstan sendiri tidak tahu?

"Karena Catena dan saya melihatnya hari ini, membawa buaian di lantai atas untuk bayinya. Dan di mana kau?"

Dunstan memejamkan matanya. Dalam kegelapan, bersembunyi dari sinar matahari, ketika dia seharusnya menolongnya.

"Dia bukan Cara. Dia wanita yang baik, dan kamu masih bisa menjadi wanita yang jujur. Kembalilah ke sana sekarang, dan nikahi dia, seperti yang seharusnya, daripada melarikan diri ke laut. Jadilah seorang ayah untuk anakmu sendiri, meskipun hanya Tuhan yang tahu seperti apa bayi setengah gargoyle itu nantinya.

Menikahlah dengannya, sebelum dia punya akal untuk mencari orang lain, seperti yang dilakukan Cara, untuk menjadi ayah yang sebenarnya, untuk menafkahi dia dan anaknya." Torstan menggelengkan kepalanya. "Kau seharusnya melindunginya, bukan merayunya. Pantas saja kau belum mematahkan kutukan itu, jika kau bahkan tidak bisa melindunginya dari dirimu sendiri."

Tentu saja dia telah melindunginya. Dari runtuhnya langit-langit, dan kemudian membantu menangkap pembunuh suaminya. Dia memeluknya saat dia menangis, selalu ada untuknya kapanpun dia membutuhkannya. Bahkan di tempat tidur, kebutuhannya lah yang memanggilnya, dan dia tidak bisa menyangkalnya. Tidak bisa menyangkal apa pun.

Jika Anemon benar-benar mengandung anakn ya...

Dia mendongak, tetapi Torstan telah pergi. Beberapa saudara, menghakiminya lalu menghilang sebelum dia bisa membela diri.

Persetan dengan dia. Ini antara dia dan Anemone.

Dia akan kembali padanya, dan menunggu sampai dia bangun. Kemudian dia akan bertanya padanya, dan jika apa yang dikatakan Torstan benar, maka... dia akan menjadikannya orang yang paling bahagia.

# LIMA PULUH TIGA

Ketika Anemone membuka matanya, ia mendapati Dunstan sedang menatapnya.

"Selamat pagi," katanya, lalu duduk agar bisa melihat jam. Jam lima pagi? Oh, tidak, itu masih terlalu pagi untuk bangun. "Saya tarik kembali. Saya butuh lebih banyak tidur."

"Silakan."

Dia membuka matanya lagi. Dia masih menatapnya. "Apa?"

"Apa itu benar? Apakah Anda sedang mengandung anak saya?"

Dia menghela napas. Dia ingin menunggu sampai dia menemui dokter, untuk memastikan semuanya baik-baik saja, tapi... "Saya rasa begitu.

Saya melakukan tes kehamilan, dan hasilnya positif, tetapi karena saya kehilangan yang terakhir, saya tidak yakin. Saya telah membuat janji dengan dokter pada hari Senin, jadi dia bisa memeriksa apakah semuanya baik-baik saja. Saya tidak akan mengatakan apa-apa sampai dia memastikannya, tapi... bagaimana Anda mengetahuinya? Apakah itu semacam kekuatan gargoyle rahasia yang belum kau ceritakan padaku?"

"Torstan yang memberitahuku."

"Pacar baru tetanggaku yang pemarah?" Jika sebelumnya dia tidak menyukainya, sekarang dia sangat marah padanya. "Dia bajingan."

"Dia adalah saudara laki-laki saya."

Dia berkedip. "Kasihan kau."

Dunstan tertawa. "Dia memerintahkan saya untuk menikahi Anda."

"Seorang bajingan besar, usil, dan suka mengganggu yang pantatnya benar-benar akan saya tendang saat saya bertemu dengannya nanti. Apa urusannya dengan dia?"

"Tidak masalah. Dia benar. Jika Anda akan menjadi ibu dari anak saya, maka saya ingin menikah dengan Anda. Untuk menafkahi kamu dan bayinya. Bukan hanya melindungimu. Aku harus mencari pekerjaan, dan belajar bagaimana hidup di masa ini."

"Apakah saya bisa ikut berpendapat dalam hal ini?"

Dunstan menatapnya. "Tapi saya pikir kamu akan bahagia. Bukankah itu yang diinginkan setiap wanita - seorang pria yang akan menjaganya, sementara dia memiliki anak-anak mereka?"

"Saya tidak tahu - saya tidak pernah punya anak. Saya mungkin ibu yang buruk. Saya bahkan mungkin tidak bisa mengandung anak sampai cukup bulan. Maksud saya, saya tahu saya menginginkan anak. Aku ingin sebuah keluarga. Aku hanya ... menyerah ketika Morgan meninggal. Sekarang saya hanya punya waktu beberapa jam untuk membiasakan diri dengan gagasan bahwa hal itu mungkin terjadi lagi, dan Anda berbicara tentang pernikahan? Aku... ini jam lima pagi!" Anemone memejamkan matanya. Ia mengoceh, dan bahkan ia tak tahu apa yang diinginkannya. Dunstan, tentu saja. Dan bayinya, jika takdir mengizinkannya untuk memeliharanya. "Tanyakan lagi padaku saat bayinya lahir. Ketika kita tahu dia aman dan sehat dan menjadi milik kita. Dan... akan bisa berjalan di pelaminan di depan kami saat pernikahan." Sekarang dia memiliki gambaran di kepalanya tentang seorang balita gemuk dengan gaun putih, menggenggam seikat bunga. Atau akankah pembawa cincin kecil dengan setelan jas yang menggemaskan?

"Kamu tidak ingin menikah denganku?" Suaranya terdengar datar, tapi dia bisa melihat luka di matanya.

Anemone menghela napas. "Ini gila. Aku baru mengenalmu beberapa minggu, tapi aku sudah tidak bisa membayangkan hidupku tanpamu. Aku sangat yakin aku jatuh cinta padamu. Jadi, sial, ya, aku ingin menikah denganmu. Tapi tidak sebelum bayi ini bisa berjalan. Ini bukan zaman Victoria. Kita bisa punya bayi bersama tanpa menikah, dan melakukan segala sesuatunya sambil jalan. Oh, kecuali jenis kelamin. Cukup yakin kita sudah tahu, dan saya ingin lebih dari itu. Sampai trimester ketiga, jika saya tidak salah ingat. Dan setelah itu, tentu saja."

Dunstan masih menatapnya. "Saya rasa saya belum pernah bertemu dengan wanita seperti Anda, Anemone Seaver."

"Baiklah, jika aku menikah denganmu, aku mungkin tidak akan menjadi Anemone Seaver lebih lama lagi. Apa nama belakangmu? Saya tidak berpikir Anda pernah mengatakannya kepada saya."

Dia berhenti sejenak, lalu berkata. "Batu. Dunstan Stone."

"Angka. Seekor gargoyle bernama Stone. Aku bisa hidup dengan itu." Dia menarik napas dalam-dalam. "Dunstan Stone, ayah dari anak yang kukandung, maukah kau menikah denganku, saat bayi ini belajar berjalan?"

"Jika itu yang Anda inginkan, maka ya. Tentu saja saya akan melakukannya."

Dia tersenyum. "Sebenarnya, saat ini, apa yang saya harapkan adalah kita bisa bercinta lagi sebelum matahari terbit. Fajar belum sampai jam tujuh, jadi mungkin..."

Dunstan membalikkan tubuhnya ke belakang, lalu menindihnya, sebelum mencondongkan tubuhnya untuk sebuah ciuman. "Untuk tunangan saya, saya akan melihat Anda mengalami tiga kali orgasme sebelum matahari terbit."

Dan dia melanjutkan untuk memberikan semua itu, dan masih banyak lagi.

# Lima Puluh Empat

"Apakah kita harus mengundang mereka untuk makan malam?" Dunstan mengeluh.

"Ya, aku sudah berjanji pada Catena untuk membuatkannya makan malam, karena telah membantuku, dan dia adalah saudaramu. Kita mungkin harus mengumumkan pertunangan kita, jadi dia akan berhenti melotot sepanjang waktu. Atau mungkin itu hanya ekspresi normalnya, dan kakakmu memang pemarah."

Seseorang mengetuk pintu. "Benar, itu pasti mereka. Apakah Anda ingin menjawabnya?"

Dunstan pergi, lalu kembali semenit kemudian bersama Catena dan Tor... Torstan... siapa pun namanya.

"Anemone, ini adalah adikku, Torstan. Tor, ini tunanganku, Anemone. Dia ingin menendang bokongmu karena telah menggosipkan bayinya, tapi, mengingat kondisinya, aku berniat melakukannya untuknya." Dunstan mendekati saudaranya.

"Berhenti!" Catena berdiri di antara mereka, satu tangan bertumpu di dada masing-masing. "Apa yang sudah saya katakan tentang berkelahi?"

Yang mengejutkan Anemone, Tor menundukkan kepalanya. "Bahkan tidak di luar?"

"Tidak!"

Ada beberapa orang yang menggerutu, tetapi Tor mengambil tempat duduk di meja, dan yang lainnya bergabung dengannya.

Anemone memeriksa pengatur waktu oven. Dia memiliki waktu dua puluh menit - waktu untuk duduk dan menikmati segelas... yah, bukan anggur untuknya, tapi sesuatu.

"Jadi, apa kau juga seorang gargoyle?" tanya Tor.

"Tidak lagi. Catena telah mematahkan kutukan itu."

Anemon menatap. "Itu kutukan? Bagaimana cara mematahkannya?"

Catena memerah. "Um ... itu ... buku mantra mengatakan sesuatu tentang melelehkan hati yang terbuat dari batu. Kutukan Tor pecah di pagi hari setelah kami berhubungan seks untuk pertama kalinya." Dia terbatuk-batuk. "Jelas, itu tidak terjadi pada kalian berdua, jika dia masih seorang gargoyle. Jadi... kurasa kau harus mencoba sesuatu yang berbeda." Pipinya semakin memerah.

"Seperti krim kocok dan taburan," saran Tor.

Catena tampak seperti ingin menyelam di bawah meja dan bersembunyi.

Anemone menyembunyikan senyumnya. Sebaiknya ia mengganti topik pembicaraan sebelum gadis malang itu mati karena malu. "Jadi, apa kau punya saudara gargoyle lain yang harus kuketahui?"

Tor dan Dunstan saling bertukar pandang.

"Apa kau melihat Ben?" Dunstan bertanya.

Tor menggelengkan kepalanya. "Dia ada di sana bersama kami malam itu. Pertama dia membawamu pergi, lalu aku, tapi aku tidak tahu apa yang terjadi pada Ben. Jika dia terkubur di bawah rumah ini, seperti kita, tentu dia akan terbangun saat kita terbangun, tapi..."

Mereka menoleh kepada para gadis. "Apakah ada cara untuk mengetahui apa yang terjadi?"

Catena mengangkat bahu. "Yah, jika dia seorang narapidana seperti kalian berdua, mungkin ada sesuatu dalam catatan penjara. Tapi itu urusan Anemone, bukan aku."

Anemone membeku. Dunstan tidak memberitahunya bahwa dia seorang narapidana. Dia hampir tidak pernah bercerita tentang masa lalunya. Tak heran, jika ayah dari anaknya adalah seorang penjahat. "Biar saya ambil komputer saya," dia mendengar dirinya sendiri berkata, dan bergegas keluar kamar. Di ruang kerja, ia mengambil waktu sejenak untuk menenangkan diri dan menenangkan diri sebelum ia kembali ke meja dengan laptopnya.

Dia masuk ke dalam database, lalu bertanya, "Siapa nama kakakmu?"

"Ben Stone," kata Tor.

Anemon mengetiknya, lalu menekan enter.

Ia menatap rekaman itu untuk beberapa saat lamanya. Tidak banyak, tapi itu sudah cukup. "Di sini tertulis dia meninggal pada tahun 1855."

"Itu tidak mungkin!"

"Dia ada di sana bersama kami. Dia juga harus diubah menjadi gargoyle!"

"Dia akan belajar seni. Dia sangat hebat. Cat, pensil, batu... dia bisa menggambar dengan hidup, dan membuat Anda percaya bahwa sebuah patung siap melangkah keluar dari alasnya, terlihat begitu nyata. Saya ingat patung seorang gadis yang dia pahat untuk Kastil Burke, dia terlihat seperti akan membuka matanya setiap saat..."

"Ben tidak mungkin mati. Dia tidak mungkin mati. Periksa lagi." Mata Dunstan memohon padanya, dan Anemone mengklik rekaman itu untuk melihat apakah masih ada.

Ada tanggal kedatangannya, dan tanggal kematiannya. Dan kejahatannya: pembunuhan.

"Maafkan aku," kata Anemone. "Tidak ada yang lain di sini. Di sini tertulis bahwa dia meninggal pada Juni 1855."

Sementara saudara-saudaranya mengungkapkan ketidakpercayaan dan kesedihan mereka lagi, Anemone mengklik kotak pencarian. Kali ini, dia hanya mengetik STONE dan menekan enter.

Tiga nama muncul. Hanya satu yang memiliki tanggal kematian, tetapi ketiganya memiliki tanggal kedatangan yang sama, dan mereka dihukum karena kejahatan yang sama.

Anemone memejamkan matanya. Dia tidur dengan seorang pembunuh yang dihukum. Bagaimana dia bisa begitu bodoh? Semua tanda-tandanya sudah ada di sana. Berapa kali dia menawarkan diri untuk melakukan kekerasan pada orang lain untuknya, untuk membalaskan dendam pembunuh Morgan... apa yang telah dia lakukan pada kapal katamaran itu...

"Ya, kakakmu sudah meninggal, dan aku minta maaf, tapi kalian berdua harus menjelaskannya." Dia memutar layar agar mereka semua bisa melihatnya. "Bisa jelaskan bagaimana Anda dihukum karena pembunuhan dan tidak digantung untuk itu?"

Tor dan Dunstan saling bertukar pandang. "Kami tidak melakukannya. Dituduh secara salah, dihukum secara salah... kami bahkan tidak pernah menyentuhnya. Kami bahkan tidak ada di rumah, tapi mereka menemukan mayatnya di pondok kami, jadi..."

Tangan Catena menyentuh pergelangan tangan Anemone. "Jika dia masih dikutuk, dan pelindungmu, kamu bisa memerintahkannya untuk mengatakan yang sebenarnya. Dia tidak akan bisa berbohong."

Anemone memejamkan matanya. Dia tidak ingin percaya bahwa pria itu adalah seorang pembunuh, tapi dia juga tidak ingin memberinya perintah. Itu semua salah. Tapi dia tidak bisa menikah dengan seorang pembunuh.

"Dunstan," dia memohon, berharap dia bisa memperbaiki ini. "Kebenaran?"

Dia menundukkan kepalanya. "Dia benar. Perintahkan saya untuk mengatakan yang sebenarnya, dan saya harus mengatakannya. Aku sudah mengatakannya, tapi jika kau perlu mendengarnya lagi. Aku mencintaimu, dan aku tidak akan pernah menyakitimu. Saya tidak pernah menyakiti seorang wanita dalam hidup saya, dan tidak akan pernah. Saya mungkin pernah meninju satu atau dua orang, tetapi saya tidak pernah membunuh satu orang pun."

Dia menatap matanya untuk beberapa saat. Dia sangat ingin mempercayainya.

"Bagaimana dengan Tor?"

"Dia juga tidak pernah membunuh siapa pun."

"Dan Ben?"

Dunstan menghela napas. "Dia jatuh cinta padanya. Dia ingin menikahinya, membawanya sebagai istri ke Koloni Swan River. Kami akan membantunya, tapi... dia meninggal. Tidak ada yang tahu siapa yang melakukannya."

Kerutan di dahi Tor semakin dalam. "Aku jamin Ben tahu, atau dia tahu."

Tangan Dunstan mendarat di tangan Anemone. Dia tidak beranjak pergi. "Kumohon, Anemone. Kita harus mencari tahu apa yang terjadi pada Ben. Apakah dia benar-benar meninggal hari itu atau ... apa pun yang bisa kau temukan. Apa ada catatan lain yang tidak bisa kau akses dengan benda itu?" Dia melambaikan tangan ke arah laptop.

Dia mengembuskan napas. "Ya, ada catatan di penjara yang belum didigitalkan. Aku bisa membacanya, dan melihat apa yang bisa kutemukan tentang saudaramu."

"Meskipun hanya di tempat dia dimakamkan, jadi kami bisa memberikan penghormatan," kata Tor.

Anemone tidak bisa menyangkal hal itu. "Baiklah. Besok, aku akan melihat apa yang bisa kutemukan untukmu. Tapi jika database mengatakan dia sudah mati, jangan terlalu berharap. Bahkan dengan pengobatan modern, orang jarang hidup lebih dari seratus tahun."

Kedua bersaudara itu saling bertukar tatapan kesedihan yang mendalam. "Dia adalah yang terbaik di antara kami. Anda seharusnya melihat karya seninya. Mungkin beberapa di antaranya masih ada yang bertahan, meskipun tidak. Kamu tidak akan pernah tahu..."

"Anda tidak akan pernah tahu."

# Lima Puluh Lima

"Selamat malam. Satu cinnamon roll dan espresso double shot untuk pelindung saya, seperti yang dijanjikan," Rochelle mengumumkan sambil meletakkan nampannya di atas meja. "Apa yang sedang kamu kerjakan?"

"Karya hari ini," katanya, sambil mengangkat sketsa tersebut.

"Saya tidak menjulurkan lidah saya seperti itu!"

"Tentu saja. Setiap kali Anda membuat desain pada buih di atas cappuccino, Anda menjulurkan ujung lidah Anda, begitu saja. Saya akan menambahkannya ke dalam koleksi." Dia menempelkannya di dinding, di samping semua sketsa lain yang telah dia buat.

Rochelle menggelengkan kepalanya. "Jika kamu dan Tacey tidak bersumpah bahwa kamu ada di sini untuk menjadi pelindungku di malam hari, aku akan bertanya-tanya apakah kamu seorang penguntit. Maksud saya, foto-foto saya yang banyak itu agak berlebihan."

Dia mengangkat bahu. "Saat kafe sepi, dan hanya ada Anda dan saya di sini, saya mendapatkan inspirasi dari Anda. Saya yakin saya akan menamai karya saya hari ini BLEP." Ia mencoret-coret huruf di bawah gambar, dan menggarisbawahinya.

Rochelle harus tertawa. "Kamu memang gila, tapi mereka mengatakan bahwa seni yang hebat membutuhkan setidaknya sedikit kegilaan. Ooh, lihat, kita punya pelanggan. Untukmu atau untukku?"

Dia mengeluarkan portofolionya. "Bagi saya, saya pikir. Saya punya komisi untuknya."

Rochelle kembali ke konter.

"Apakah itu milikku?" tanya pria itu dengan penuh semangat. "Oh, ini indah sekali. Sisik ikannya pas sekali. Ini lebih bagus dari fotonya."

Seniman itu tersenyum dengan senang hati. "Wah, terima kasih."

Pria itu mengeluarkan dompetnya dan membayarnya, tetapi dia tidak menyimpannya. "Sebenarnya, saya ingin bertanya apakah Anda bisa memotret anak-anak saya dengan gaya yang sama, sehingga saya bisa membingkainya. Saya dan istri saya sudah bercerai, dan saya hanya bisa bertemu dengan mereka pada akhir pekan. Saya bisa menunjukkan beberapa foto..." Dia mengeluarkan ponselnya dan mulai menggeseknya.

Sang seniman mengangkat tangannya. "Saya akan dengan senang hati membuat potret anak-anak Anda, tetapi saya harus melihatnya terlebih dahulu. Semua gambar itu bagus dan bagus, tetapi tidak memiliki kehidupan yang sama dengan kehadiran orang yang nyata. Bawalah anak-anak Anda ke kafe pada suatu malam saat saya sedang bekerja, dan saya akan melakukannya."

Pria itu meletakkan dompet dan telepon genggamnya. "Oh, saya akan melakukannya. Ini indah sekali. Saya akan memberitahu semua teman saya di kantor tentang Anda juga." Dia menyipitkan mata melihat tanda tangan sang seniman. "Siapa tadi kamu bilang siapa namamu?"

"Ben". Ben Stone. Seniman malam yang tinggal di Shut Up Café," kata sang seniman.

## Ingin membaca lebih lanjut?

Buku berikutnya dalam seri ini adalah

Mimpi yang Putus

yang bisa Anda dapatkan DI SINI: https://demelzacarlton.com/romansa-gargoyle-pelindung/

# Tentang Penulis

Demelza Carlton selalu menyukai lautan, tetapi pada perjalanan snorkeling pertamanya, ia merasa takut dengan ikan.

Sejak saat itu, ia berenang bersama singa laut, hiu, dan teripang, serta berdiri di tebing yang basah kuyup di atas lautan yang mendidih saat gelombang topan setinggi tujuh meter menerjang dan menghancurkan sebuah kapal karam di bawahnya.

Demelza sekarang tinggal di Perth, Australia Barat, ibu kota serangan hiu di dunia.

Serial Ocean's Gift adalah karya fiksi pertamanya, yang kemudian disusul dengan trilogi Nightmares yang menegangkan. Dia bersumpah serial Mel Goes to Hell menyergapnya di kereta api yang penuh sesak dan tidak akan meninggalkannya sendirian.

Ingin tahu lebih banyak? Cari tahu lebih lanjut tentang buku-buku Demelza di situs webnya, Demelza Carlton's Place di: https://demelzacarlton.com/

www.ingramcontent.com/pod-product-compliance
Lightning Source LLC
La Vergne TN
LVHW050630051026
849532LV00002B/335